SOĞUK KAHVE

Ahmet Batman'dan

DESTEK
yayınları

DESTEK YAYINEVİ: 314
EDEBİYAT: 89

SOĞUK KAHVE / AHMET BATMAN

Genel Yayın Yönetmeni: Ertürk Akşun
Editör: Zuhal Doğan
Kapak Tasarım: İlknur Muştu
Sayfa Düzeni: Cansu Poroy

Destek Yayınları: Şubat 2013
2. Baskı: Mart 2013
3. Baskı: Nisan 2013
4. Baskı: Nisan 2013
5.-6. Baskı: Mayıs 2013
7.-8. Baskı: Haziran 2013
9-11. Baskı: Temmuz 2013
12.-13.-14.Baskı: Temmuz 2013
15.-19. Baskı: Ağustos 2013
20.-24. Baskı: Ağustos 2013
25.-54. Baskı: Eylül 2013

Yayıncı Sertifika No: 13226

ISBN 978-605-4771-01-1

İnönü Cad. 33/4 Gümüşsuyu Beyoğlu / İstanbul
Tel:(0212) 252 22 42
Fax:(0212) 252 22 43
www.destekyayinlari.com
info@destekyayinlari.com
facebook.com/ DestekYayinevi
twitter.com/destekyayinlari

İnkılap Kitabevi Baskı Tesisleri
Matbaa Sertifika No: 10614
Çobançeşme Mah. Altay Sk. No: 8
Yenibosna - Bahçelievler / İstanbul
Tel: (0212) 496 11 11

Ahmet Batman'dan

DESTEK
yayınları

İÇİNDEKİLER

BAŞLANGIÇ

Hayatta her şeyin bir başlangıcı vardır ve her başlangıç beraberinde sayısız beklentiyi getirir. İnsan beklenti olmadan yaşayamaz. Zaten bu dünyayı çekilebilir hale getiren bir şey varsa o da hayal dünyamızdır. Kötü ya da olumsuz sonuçlar doğuracağını bile bile kimse bir işe başlamaz. Hep bir umutla başlarız, hep pembe tonlar ama o pembeler hayata karışınca kararıyor çoğu zaman. Bunu da göze alırız ama aklımızda çok fazla tutmayız.

Birini çok sevmek gibi bir şeydir yazı yazmak. Yazdığının türü, konusu önemli değil. Önemli olan senin içindeki senin özgür bırakılmasıdır. Benliğimize sunduğumuz bu fırsat, kendimize verebileceğimiz en büyük hediyedir işte. Hayatta insanı mutlu etmek için çok fazla seçenek var. Bazen bir dilenciye para vererek de mutlu olabilir insan. Dilenciye para vermek de bir başlangıçtır ve işin başına dönersek, bir beklentidir. Ben dilenciye para verdim. Allah bunu görüyor, biliyor, o da beni sıkıntıdan kurtarır beklentisi çıkar ortaya. Atılan her adım bir başlangıç, her başlangıç ise bir beklentidir. Elbette beklentilerim var bu hayattan ve o beklentilerin olmama ihtimali beni korkutmuyor. İşte burada mükemmelleşiyor insan. Beklentilerinden korkmuyor, çünkü kaybedecek bir şeyi olmadığını biliyor. Başarısız olmak tekrar kendine dönmek demektir. Sadece hayatına bir başarısızlık eklemiş olursun. Bu seni karamsarlığa sürüklememeli.

Bu kitap her şeyin bir başlangıcı olabilir. Gözlerimizin önündeki perdeleri kaldırabilir ya da hepten bizi kör edebilir. Her başlangıç gibi tozpembe hayaller kuruyoruz. Varlığımızın bedeli bir şeylere başlamaktır belki de. Umarım yazılarda kendinle yüzleşirsin. Bazen âşık olduğun anları, bazen lisede alnının ortasında çıkan bir sivilceyi, bazen annenin babanın değerini bulacaksın bu yazılarda. Aslında her yazı bir cümledir ve sen kendi cümleni mutlaka cebine koy. Her ne olursa olsun kendine iyi bak. Tekrar tekrar okuyabilmen dileğiyle…

SOSYAL MEDYA OTOBİYOGRAFİSİ

Teknoloji böyle bir şey işte; insanları yakınlaştırıyor mu yoksa uzaklaştırıyor mu, hiç anlamıyorum. Sosyal ağlara geç katıldığım için uzunca bir süre arkadaşlarımla yüz yüze görüşmek zorunda kaldım. Şimdilerde her şey harika Facebook - Twitter derken iyice asosyal bir adam oldum.

Biraz kendimden bahsedecek olursam…

Patates kızartmasını, mantıyı ve gazozu severim.

İnsanlara değer veririm, ancak genelde umurumda olmazlar.

Böyle de bir çelişki içerisinde hayatıma devam etmekteyim,

-mışlı -mişli konuşmayı severim.

Öyleymişiz böyleymişiz oyunları tam benliktir.

Hayal dünyam geniştir diyemem, ancak uzundur.

İnsanların gözlerine uzun bakmayı sevmem, çünkü gülesim gelir.

Yüzlerce yazı yazabilirim.

Hiç durmadan saatlerce bir şeyler karalayabilirim.

Yapabilirim- edebilirim- bilirim...

Aşk denen şeye inanmam ama duş almayı severim.

Konudan konuya atlar, adamın aklındaki soruyu unutturururum.

İkiyüzlü insanları sevmem.

Çok fazla soru soran insanlarla muhabbet etmem.

Kendine güvenen insanları çok severim.

Eğitim ve sağlık sektörlerinde özelleşme olduğu sürece ülkede eşitlik olacağına inanmam.

Parası olanın okuduğu,

Parası olanın sağlıklı yaşadığı bir düzen bana uymaz...

Yılbaşlarında ortalama bir Türk ailesi gibi bisküvi ve kuruyemiş yer TV izlerim.

14 Şubat'a yalnız girer yalnız çıkarım.

Doğum günlerine çok önem vermem.

Bu arada en sevdiğim renk gri.

Bedelini ödemeden hiçbir şeye sahip olamayız.

Çok çalışmalıyız çok...

Az kalsın unutacaktım;

En iyi öpüşen adam madalyam var.

3-2-1 diyoruz ve ne yapmak istiyorsak ona inanıyoruz.

Allah yolunuzu açık etsin arkadaşlar...

Yok, ben ateistim diyorsanız da yolunuzu açık edecek birini bulun...

Hoşça kalın...

Bu arada ben hoşça kal diyemem.

Sadece yazabiliyorum.

Akıl ve Kalp

Geçen gün "duyguların mı yoksa aklın mı?" şeklinde bir soruyla karşı karşıya kaldım. Aklımı kullanmak daha çekici geliyor, eğer duygularımı kullanacak olursam kendimi çok üzeceğimi düşünüyorum. Duygular insanı bir anda bir ilişkiye sürükleyebiliyor ancak insan mantığıyla hareket ettiğinde durum hiç böyle olmuyor. Kendimden yola çıkacak olursam eğer, duygularımla hareket ediyor olsaydım, şimdiye kadar birçok sevgilim olmuştu. Sonunu göremediğim hiçbir şeye başlamam ben. Duygular önemli tabii ama aklım hayır diyorsa, duygularımı görmezden gelirim.

Her hayatımıza katılmak isteyeni hayatımıza katarsak ne olur? Katmazsak ne olur?

Hayat bir bakıma hayatımıza girenlerden ibaret değil mi? Dışımızdaki insanları içimize davet etme şekli.

Hoş geldin dememeli insan kalbin her evet dediğine. Akıl olmazdı, eğer kalp her zaman doğruyu söyleseydi. Şimdi düşününce her ilişki bir merhaba ile bir hoşça kal arasında yaşanır ve kalp genelde hayır demez. Özüne inersek işin, herkes sevilebilir. Herkes sevildiği kadar değişebilir de ve yine herkes değiştiği kadar ayrılığa mecbur kalır. O yüzden kalbime çok şans tanımadım. Benim her şeyden önce bir aklım var.

Akıl kalp kadar yormaz bedeni...

Sıradanlaşan Aşklar

Bittiğini hissettiğinde çok kötü oluyor insan. O andan sonra konuşuyorsun ama biliyorsun ki boşa. Hâlâ onu seviyorsun belki ama yetmiyor işte. Sıradanlaşıyorsunuz, ilişki heyecanını kaybediyor. En basitinden aklın başka şeylerde kalıyor. Bir ilişkinin sonunu görmekten daha kötü bir şey yok. Bitti işte ama söyleyemiyorsun, çünkü o da senin gibi düşündüğünü söylerse, bunca zamandır kandırıldığını anlıyorsun. İnsan uzun süre sevince alışıyor ve kopmak artık zorlaşıyor. Her insan böyle olmasa da çoğumuz böyleyiz. Sevgilerimizin devamı alışkanlıktan. İlişki öyle bir sahip oluyor ki bize, kaçamıyoruz. Israrla sesini duymak, onunla bir şeyler yapmak ya da her zaman yanında olmak falan istiyoruz.

Bazen yanındayken sıkılıyoruz, bazen telefonda konuşurken heyecanın bittiğini hissediyoruz. Artık onu kıskanmıyorsun mesela, çok fazla aramak gelmiyor içinden. Zaman zaman tam arayacakken vazgeçiyorsun. Belki o arasın istiyorsun, belki de artık kendinden emin değilsin. Sürekli aynı şeyleri yapmaktan oluyor bu aslında. Onunla olmak güzel ama yetmiyor. Nefes alamıyorsun bazen, çünkü yanında olmak istediğin o değil artık. Oysa başkası da yok. Başka biri yüzünden değil bütün bunlar. Sevgiler eskiyor olabilir mi? Ya da "sorun değil" diyerek kenara attıklarımızın hepsi zaman içinde ortaya çıkan birer sorun mu? Cevapsız kalıyor insan.

Biraz yanlış yapıyoruz sanki, bitişik sevmeli insan, ara vermeden her an. Alışmaktan vazgeçmeli, sevgisini güçlendirmeli. "Neden seviyorum" diye sormalı kendine. Bir cevap bulamadığında yalnızlaşıyorsun işte. Sahi neden seviyorsun? Birkaç madde sıralayabilmeli insan. Yoksa hep bir sıradanlık, hep bir yenilik arayışı… İnsanın işi birini hakkını vererek sevmek olmalı. İlişki monotonlaşsa da sevmeli, rengârenk devam etse de… Ben senin "Neeeee" deyişini sevdim. Sonra bir sürü şey daha... Bir de telefonu çat diye kapatışlarını…

İyi sevmeler…

Bazen cuma günü kadar seversin birini...

Sevgili Yarim

Uzun uzun cümleler kurabilirim, bitmiş şeylerin arkasından konuşmak, en az susmak kadar kolay... Bitirmek diye bir şey var ki, öyle kolay değil ama zor da değil. İçine düştüğün şeyden bir kaçış belki de... Yapacak bir şeyin olmadığı zamanlar vardır. Bazen sadece öyle olması gerekmektedir. Bazen sırf bu yüzden biter. Sırf öyle olması gerektiği için çeker gider. Arkasına bakar ya da bakmaz, işin aslı, burası çok önemli değil. Arkasına baktığında severek gitti demek değildir. Önemli olan gitmesidir ve gitmiştir, bir harf değiştiğinde bitmiştir. ''Ben ayrılmak istiyorum.'' Tamam. Sen ayrılmak istiyorsun. Eee o zaman... ''Hadi eyvallah'' kısalığında bir veda ya da en yalanından bir ''Kendine iyi bak, hoşça kal sevgili yârim'' cümlesi mi kullanılmalı, tartışılır. Bu tıpkı bazılarının künefeyi kaymaksız sevmesi gibi bir şey ve öyle anlar yaşar ki insan, umursamaz bazılarını, bana sen lazımsın, ötesi yok! Doğum tarihimle ölüm tarihimin arasındaki kısa çizgiye bir aşk sığdırabilirsem ne âlâ... Geri kalan her şey başkalarının olsun.

Eğer bir gün düşersem bir tekme de sen vurma,
ayağın acır, kıyamam.

Çizgileri Birleştirmeliyiz

Uykusuz bir gecenin uykulu bir sabahı olur, bıraksalar uyursun ama bırakmazlar. Karanlık olması gerekmez uyumak için biraz yorgun ol, uykusuz ol yeter. Bazen çok şey yazarsın. Bazen az şey bile yazamazsın. Çeyrek altın da aldı başını gidiyor. Çok özeniyorum şu çeyrek altına. Onun gibi olamıyorum bir türlü, alıp başımı gidemiyorum.

Mesela ailenin değerini biliyor musun?
Ya da annenin yemeklerini seviyor musun?
Baban ardı ardına on beş kere hapşırdı mı hiç?
Ya bu adam ne diyor böyle diyebilirsin...
Aslında yapman gereken kendine birkaç soru sormak.
Sahip oldukların mı sana yetmiyor?
Sen mi doyumsuzsun?
Birbirimizi anlamamak için uğraştığımız doğru mu?
Ölüme üzülür müsün?
Ve gerçek olan ne? Biz neyin peşindeyiz?

Bazen kafan karışır. İçin içinden çıkamazsın.

Sen Gitmek Nedir Bilir misin Çocuk?

Sen gitmek nedir bilir misin çocuk? Yok, yok bilmezsin ama senin yerine de düşünmek istemiyorum.

Belki de bilirsin. Hiç gittin mi sen? Hiç gittiler mi senden?

Ve içinden geldiği gibi yazabildin mi?

Offfff diyerek her neyse boş ver diyebildin mi?

Hayatında binlercesi varken, o birine takılıp kaldın mı sen hiç?

Gitmekmiş...

Sen ne bilirsin gitmeyi çocuk.

Oyun mu sandın sevilmeyi.

İnsanları kırmayı bardak kırmakla bir mi tuttun!

Bırak, at çöpe aklında ne varsa, sen sözünü kesmeye devam et insanların.

Ben onları çok iyi biliyorum de. Aferin çocuk. Gecen gündüz olsun.

Hiç karanlık görme sen e mi?

Daha da görmem seni. Daha da sevmem. Anlamaya çalışma beni.

Anlarsan kaybolursun bende. Bir sen kalmaz sende...

Her neyse benden bu kadar, kaybolmak nedir, gitmek nedir, öğren.

Karşıma alınam öyle herkesi.

Sen beni ne sandın be çocuk.

Bir kelime bile fazla sana ya. Yine sayfalar yazdım.

Hadi geç git. Ya da sen kal. Sen bilmezsin gitmeyi...

Bana bırak her şeyi sadece izle...

Gitmek nedir onu öğren. Sevmek sana fazla gelir.

İnsan öğrenmeye gelir bu dünyaya,
sen en son gitmeyi öğren çocuk.

Tasarruf Şart

Sonradan farkına varıyorsun bazı şeylerin, üzülüyorsun kaybettiklerine, zaten elde değil ki üzülmemek. Hakkını alamamak diye bir şey var ki her gün biraz daha karşılaşıyorsun bununla. Her gün alacağın çoğalırken, bu hayattan alman gereken azalıyor. Tasarruflu sevmeye başlıyorsun. Hak etmiyor işte, hak edemez zaten. Öyle kolay değil ki bir insanın sevgisini hak etmek. Ortak yanlarınız azalıyor, senin feda ettiklerinle onunkiler arasında dağlar kadar fark var. Bazen küsüyorsun, haberi bile olmuyor. Anlamayacak kadar salak olması mümkün değil ama anlamıyor işte. Üstat doğru söylemiş "bağlanmayacaksın" derken...

Belki de kaybettiklerine üzülmek için ayıracağın zamanı kazanabileceklerin için harcamalısın.

Anlarsan Benimsin
Anlamazsan Aptalsın

Uzun zaman oldu sen&ben olmayalı. Denk geldi bazen ama rayına oturmadı. Tıpkı aspirin içmenin baş ağrısını geçirmemesi gibi bir şey bu. Kışın ortasında soğuk bir şeyler içersen elbette hasta olma ihtimalin artar. Kışın başı, sonu olmaz. Soğuk su içersen hasta olursun. Aşkın da başı, sonu, ortası olmaz. Kapılıp gidersen; er isen mecnun, dişi isen leyla olursun. Alternatifi yoktur aşkın. Ya âşıksındır ya değilsindir. Aşkın gibisi olmaz. Banka kuyruğunda sıra beklemek, otobüs durağında saatlerdir gelmeyen bir otobüsü beklemek, bir sınav sonucunu beklemek... Aşkı beklemek de böyle bir şey işte. Gelirse yanarsın. Aşkı göze alabildiğin kadar yaşarsın bu hayatı...

Sevdiğin şeyler vardır mesela. Onunla birlikte yapmak istersin ama olmaz. O seni istemediğinden değil ve sen onu istemediğinden de değildir olmaması. Hayat işte; kader kısmet bir de bizim komşunun oğlu taksici İsmet var. O da kendi çapında bir Alonso. Aşk taksimetreyi açmak gibi bir şeydir belki de. İsmet'e sorsan öyledir kesin. İsmet için aşk paradır bence. Ulan İsmet yazının içine nereden girdin şimdi. Çık aradan, işine bak.

Kapı aralık kalmış, üşüyorsun. Demir kapı çok soğuk olur. Bazen senin de yüzün öyle oluyor. Bana git diyorsun. Gitmek mi? Küfret istersen. Kovsan ne yazar ki? Aşkın gururu mu olurmuş. Âşık adam vazgeçmezmiş. Ben... Yok yok, ben onlardan olamam işte. Çayı açık severim ama seni çok koyu sevdim ben. Gel hadi gel, gidersen üşür içimdeki yanan adam. İsmet senin de dedikodunu yaptık, hakkını helal et. Hadi Eyvallah...

Bazen sarılmak iyi gelir. Karşındaki ne hisseder bilmezsin ama sen iyi hissedersin.

Ya O Âşık Değilse?

Her şeye bir çare bulunur ve her kalp ölmeden aşkı tadar. Mesele aşkı denk getirmek. Aynı anda sen ona kapılmışken o da sana kapılacak... Çoğu ilişkide bu yok, hatta çoğunda yok sanırım, çok azında var. Hepsi birbirine âşık olduğunu sanıyor. Kaybetmekten korkmalar falan... Kaybedince bir şey olmuyor ki, benim için ölüp biten kızlar tarafından 2-3 haftada unutulduğumu bilirim. Hatta yeni bir sevgilisi olanlar ve yeni sevgilisi için ölüp bitenler... Onların adını karaktersiz koydum. Neyse onları unutalım, çok var böylesi... Aynı anda âşık olmak diye bir şey var, o anı ne zaman yakalarız bilinmez. Şu an sevgilisi olanlar düşünmeli bunu mesela, hatta sevgilisine sormalı, sonra kavga etsinler. Onlar da yalnız kalsınlar. Hepsi birbirine "kendine iyi bak" desin. Geçen gün yine kendime iyi bakıyorum, 3 tane elma yedim. Sözünü dinliyorum.

Duygusal adam çoğu zaman kaybeder.
Sempatik adamlar da kızların sadece dert ortağı olur.

Boş Fincan

Sevişene kadar aşka inanıyorum. Ondan sonrası hep bir sıradanlık, hep bir yavşaklık. Bazen insanın dokunmaya kıyamaması gerekiyor. Sadece bakarak sevmeyi öğrenmek lazım. Bazen saatlerce bakmak... "Kahven bitti, bırak fincanı elinden» demeli sevgilin. Öyle bakmalısın işte, boş fincanı saatlerce elinde tutacak kadar... Bazen de şakalar yapmalısın, "1-2 saat işim var, sonra yine seni seveceğim" gibi. Sevgilin gülmeli bunlara, sırf seni sevdiği için... Biraz dinleneceğim, sonra seni sevmeye devam ederim.

Karşındaki seni çözene kadar varsın,
çözüldükten sonrasıhep bir sıradanlık.

Ekose Gömlek

Yarın karşımıza ne çıkacağını bilmiyoruz ve hayattan çekiniyoruz. Sevdiklerimize sahip olamıyoruz çoğu zaman. Bazen sadece değişik gömleklerim olsun istiyorum amaçsızca... Olanlar yetmiyor mesela, doyumsuzluk var işte. Sehpada çay içiyoruz.Standart sohbetlerimiz var. Sevmek gibi bir alışkanlığımız var ve güzel gülüşlerimiz. Bazı kızlar çok güzel ve etraflarında bir sürü erkek var, tıpkı bir bilet kuyruğu gibi... Maviyi çok seven insanlar ve taba renginin çok yakıştığı insanlar var. Ayrılıkların da bir rengi vardır ama ben bilmem o rengi. Bazen yığınla saçmalık, bazen telefona bir mesaj gelir. Bazen arar ve sadece sesini duyar. Seni öyle çok sever ki o sevgi sana da geçer, bağlanırsın. Bu arada çok boktan şeylere gülen insanlar var. Dışarıdan bakınca gülümsüyoruz onlara ama içimizden ''buna mı gülüyorsunuz'' diyoruz. Pazartesiyi sevmiyorum ama seni severim. Portakal ye ve kırmızı oje sür. (İki kat sür.) Çok kötü sürüyorsun bazen.

İnsanlar hep bir şeyler bekler. Yeter ki beklemeye alışmasınlar.

Bir Aklımdan Çıkar mısın?

Ne zaman unuttun sevmeyi beni?
Kaç aşk geçti üzerimizden?

Sevdin mi benden sonra yoksa kandırdın mı kendini,

O da biliyor mu saçlarınla oynamayı ya da en sevdiği ojeni?

Benim kadar yakınlaştın mı onunla?

Biz oldunuz mu?

Bir ağaca kazıdın mı onunla adını?

Bir mağazada bekledi mi seni saatlerce?

Hâlâ şımarık mısın yoksa aklın başına geldi mi?

Var mı bir son durağın?

Kalbin garını buldu mu?

Ben sevmedim senden sonra ve bizim şarkımız dediğin şarkıları hiç dinlemedim.

Adını duyduğumda başka şeyler düşündüm ve hep kaçarken yakalandım sana.

Onu benim kadar sevdin mi ya da onları mı demeliyim? Sahi ya? Gitmiştin sen dimi?

Ne çok soru bıraktın arkanda...

Hoşça kal mı demeliyim şimdi?

Çık aklımdan, kime döndüysen yüzünü, ona söyle artık sahte sözünü...

Yediğim kazıkları toplamayı düşünüyorum.
En azından matematiğim gelişir.

Yalnızlığı Öğrenmek

Çok cümle kurduğunda ya da çok sevdiğinde, çok senin olmuyor. Biraz sırdaşın, biraz yoldaşın, o senin bakışlarına karışan, kalbinde yarışan bir aşk. Bakma gitmek istemez ve sevmek bir çocuğun yere düşürdüğü şekerini yıkayıp tekrar yemesi gibi bir şey. Sevmek ne kadar kirletilebilir ki? Affedilmek diye bir şey var, affedilecek bir şey yapmadan affedilmek var. Hayatı çok kurcalamamak lazım. Bazen çekip gideceksin, hani şu «seni seviyorum» diyenleri bile umursamadan gideceksin. Belki suçlu olursun ama yalnızlık başka türlü öğrenilmez. Sen sevmek nedir tekrar düşünürsün, o gitmek üzerine yorar kendini... Ve sen de gitmişsindir ama gitmekten gitmeye fark vardır. Bazıları giderken acı bırakır, bazıları aşkı atar arkasına. Tutamaz kendini bazıları, sever, sevmeyi sever ve seni sever. Sen tutarsın kendini ve tutuşun gururdan değildir, sadece tutman gerekir. İnsan başkalarının cümlelerinde de hayat bulabilir ama herkes seni onun kadar güzel yazamaz. İçini döküşünü, öpüşünü, sevişini sen bilirsin çünkü. İnsanlar değişkendir, bazıları sevişgen, bazıları birlikteyken yalnız, bazıları yalnız kaldığı anda öğrenir yalnızlığı ki en acısı da odur.

O bile bilmesin, onu ne kadar sevdiğini.
Birinin eline düşersen yanarsın.

Şimdilerde

Sakallarım uzuyor bu günlerde,
Elim gitmiyor kesmeye,
Sen çok severdin ya okşardın hani yüzümü,
Kaymazdı parmakların yanağımda,
Daireler çizerdin, bunlar bana yeter derdin...

Bazen de saçlarımı okşardın
Saçlarımı da kestirmiyorum şimdilerde,
Sanmıyorum, çıkıp gelmezsin ki bir daha,
Bağırsam çağırsam boşuna,
Bir son öpücüğü bile çok gördün bana,

Eskisi gibi yazamıyorum artık
Elim gitmiyor kaleme, sayfalar boş
Yüzleşemiyorum yokluğunla
Özlüyorum kavganı, istiyorum azarını
Ne söylesem boş oysa
Hangi giden terk edebilmiş ki mezarını...

Bazen sevgilin varken yalnız olduğunu hissedersin.
Asıl o zaman yandın işte.

Topuklu Ayakkabı

Topuklu ayakkabıların ayağını acıtıyor ama onları seviyorsun.

Sevgilin de öyle olabiliyor bazen...

Canını yakıyor yine de gidemiyorsun.

Alışkanlık değil işte bayağı seviyorsun.

Topuklu ayakkabı ile yürümeyi bilmeyenler bile giyiyor, çünkü seviyorlar.

Bazıları sevgilisi olmadığında daha mutlu.

Bazıları topuklu ayakkabısını sevgilisinden çok seviyor.

Topuklu ayakkabı mı yoksa ben mi?

Bir kadını zorlayan bir soru olabilir.

"Çikolata mı ben mi?" sorusu kadar olmasa da zorlar.

Sizler topuklu ayakkabısı ayaklarını vuran kadınlarsınız.

Topuklarınızın altında kâğıt mendiller var.

Bazılarınızın gözyaşlarını silen mendiller işte, yabancı değiller.

O mendiller hep canınızın yandığı yerlerde...

Çok adisiniz pembe rujlar, çekici kılıyorsunuz dudakları.

Tercihler

Hayat aslında tamamen tercihlerimizden ibarettir ve birçoğumuz yalnız kalmayı severiz. Zamanla hem sever hem seçeriz. Yanında birinin olması, karşılıklı kahve içmen elbette güzel ama yalnızlığın ayrı bir tadı var. İnsana kendini anlama şansı veriyor ve insan gerçekten kendini anladığı zaman istemsiz bir şekilde yalnız kalıyor. Hayatımızda ne kadar insan olursa olsun, istediğimiz an yalnız kalırız. Sevgilin var diyelim, ne kadar hayatına dahil olabilir ki? Bazen oluyor, tamamen hayatın bile oluyor. İşte o zaman yalnızlığı elektrikler varken bile mumla arıyorsun.

Seçeneksizliğim değil tercihimsin.

Merhaba Yalnızlık N'aber?

Sen benim için başkasının kitabı gibiydin. Hani okumasam olmazdı ve okudum da ne oldu ki? Pek bir şey değişmedi işte. Yine ben aynı ben. Bir giden daha ekledim yalnızlığıma, hepsi bu. Hiç görmesem artık seni, ömür boyu görmesem gülüşünü sırf bu yüzden bile kendimi affedemem. İnsanın kendine yaptığını hiç kimse yapamıyor işte. Gitme diyemiyorsun, bazen tutuluyor dilin. Sıkışmış ruhuna gurur ve sırf bu yüzden kaybetmeyi göze alıyorsun.

Öyle sendeyim ki çoğu zaman, ne çoğu zamanı be! Yazarken de kendimi kandıracak halim yok ya... Öyle sendeyim ki aklıma bile gelmiyorsun. Eee çıkmıyorsun aklımdan hiç, nasıl gelesin ki be kızım. Bilirsin sen benim nasıl sevdiğimi, bilirsin özlemekten korktuğumu. Yalnızlık bana senden kalan en büyük armağan. İkincisi çekilmeyen bir film gibiyiz işte. Mutlu sonla bitmedi belki... Ya bitti mi? Bitmek neydi? Gitmek bitmek olmaz ki? Gücü yetmez işte gitmenin bitmeye. Sen gidersin, ben giderim bitmez. İki kişilik değil de tek kişilik şemsiyeler kullanırız. Yalnızlık, garsonun gelip, "Ne içersiniz?" diye sorduğunda, senin soru soracak kimsenin olmamasıdır. "Çay" dersin, "Kahve" dersin. "Ne içersin canım" diye soramazsın işte... Yalnızsın, yalnızım, yalnızız. İşin özünde herkes yalnız. Sırf "Gitme" diyemediğimiz için, sırf o bok kafalı gururumuza karşı gelemediğimiz için...

Merhaba Yalnızlık, Naber?

Ortaya Karışık Sivilceler

Lisedeyim, hoşlandığım kızın en iyi arkadaşıyım. Seviyorum ama söylersem onu hepten kaybederim diye korkuyorum. Sevgililer günü yaklaşıyor, birkaç gün kaldı. Okul çıkışında beraber çıkalım mı dedi. Dershaneyi unuttum hemen tabii çıkalım dedim. Beraber yürüdük İstiklal Caddesi'nde, bu sürekli mağazalara bakıyor derken en son bir yere girdik. Bir erkek kazağı gösterdi, bu nasıl dedi. Güzel dedim, güzel görünüyordu. Acaba beğenir mi diye sordu bu sefer… Kime diye sormaya çekindim. O kazağı aldı, mavi, bisiklet yaka, bok gibi bir kazaktı aslında ama güzel demiştim. Sonra o Amerikan fast-food dünyasına daldık. Hamburger yedik ketçap-mayonez-patates kızartması, bildiğiniz menü işte. Bana sevgilisinden bahsetti. Üniversitedeydi o zamanlar sevgilisi, biz daha ergeniz tabii. Ortaya karışık sivilcelerim ve söylemekten çekindiğim cümlelerim var. Neyse bu çok seviyormuş o çocuğu, zaten sırasına ismini kazımış. O gün eve döndüğümde bu kızın benimle olamayacağını anladım, ben daha çocuk gibi seviyordum ama o sevilmek değil sevmek istiyordu. O üniversiteli piçe uyuz olmuştum. Sonra bir şeyler yazdım, o yazdıklarım hâlâ durur, belki de hayatımın en boktan yazıları, en dandik şiirleridir onlar. Sevgililer gününde gelmedi bu kız okula tabii. Sanki sınıf boştu. Tek ben vardım. Liseli olmak böyle bir şeydi. Silgimi ısırdım, ikiye böldüm, çöp kovasına basket attım. Öğleden sonra çıktım okuldan, bayağı yürüdüm İstiklal Caddesi'nde. Vitrinlere bakmadım. Daha yukarılara baktım, başka bir İstiklal Caddesi varmış. Keşfedecek çok şey varmış. Sonra o kız ayrıldı sevgilisinden, oysa evleneceğini sanıyordu. Neyse hayat işte, çok düşünmeye gerek yok.

Ve hâlâ ne zaman bir kızla yürüsem ben yukarılara bakarım. Orada başka hayatlar var.

Allah Cezanı Bile Vermesin

Hayat hep bir koşuşturmaca; zaman zaman heyecan veren, zaman zaman bezdiren usandıran... Bazen açık bir çay çok işe yarıyor. İstemsiz bir rahatlayış sağlarken belki de geride kalan her şeyin üzerine içiliyor. Uzun uzun cümleler kurmak gerekmiyor her zaman. Elbette 13 harf iki kelimeden oluşan o söz öbeği çok şeye bedel olabiliyor. Ve ben şarkılardaki sevginin anlaşmak olmadığını, nedensiz de sevilebileceğini biliyorum. Sevmek biraz da kendimizi inandırmaktan ibaret, zamanla ondan ibaret, senden ibaret.

Harika cümleler kuran bir sevgilin varsa yapabileceğin tek şey onun kurduğu cümlelerden etkilenmek oluyor ve aşkın acısı her şeye rağmen gizlenebiliyor. Mesela telefonlarını kapatıyorsun. Bu bir inanış biçimi işte, bir vazgeçiş, bir küfür belki de... Gözünden yaş akmıyor ama bazen doluyor, ağlayasın bile geliyor. Hayat sana bunları fazlasıyla veriyor. Belli başlı hayaller kuruyorsun, o yanındayken mutlusun, onunla içtiğin açık çay daha güzel...

Ve bazen yazdığın bir yazıyı bir sürü kız üstüne alınabiliyor. Zaten bazı kızların yapabildiği tek şey bazı şeyleri üstüne almak değil mi? Ataşlardan kolye yapmıştım sana, çok anlamsız ve asla bir çikolata kadar tatlı değil. Yerine koyabildiğin her şeyden vazgeçmek kolay.

Bazı şeylerin zamanı var, başlarda anlayamıyorsun kaybettiğini. Daha sonraları karşına boktan, sıradan insanlar çıkınca o farklıydı diyorsun.

Mesela kimse onun gibi olamıyor ve aslında herkes onun gibi. Çelişkilerin var, çünkü çelişki olmadan yaşanmıyor. Bazen sırf adamı seviyorsun diye uzunca bir yazısını okuyorsun ve sonunda belki de pişman oluyorsun vaktimi çaldı diyerek. Bazen o adama teşekkür ediyorsun sadece yazdığı için.

Kelimeler olmasaydı Ali ata bakamazdı ve en önemlisi sana "seni seviyorum" diyemezdim. Benden sonra uyku düzenin bozulmasın. Hayatıma sürekli değişik kızlar girecek ve hiçbiri beni anlamayacak. Anlayacağın, her durumda yalnızım. Biliyorum ki kına yakmazsın sen. O yüzden oje sür ve her oje sürüşünde beni hatırla. Yüzünü yıkarken ve yemek yerken de beni hatırla... Mümkün değil artık beni unutman. Kızma bana ama Allah senin cezanı bile vermesin. Vermesin ki unutulmak neymiş iyice anla.

Bir şeyin asıl değerini kaybettiğinde anlarsın.
Dünyanın en salak insanı olsan yine anlarsın.
Kaybetmek de öyle bir şey.

Pişman Olsa da Gider İnsan Bazen

Bugün birkaç defa telefon çaldı. Telefon elimde, görüyorum ama açmayı unutuyorum. Bu tamamen kötü bir durum. Bazen yaptıklarına anlam veremiyor insan. Telefonu açmak istiyor ama açmayı unutuyor, derken çalmıyor artık telefon. Sonrası yok, çok anlamsız geliyor. Gelen mesajlara hiç cevap vermiyorum zaten, üşeniyorum yazmaya, bu kadar çok severken yazmayı. Bazen yaptıklarıma, yazdıklarıma, sustuklarıma anlam veremiyorum. Oda soğuyor sanki, uykum yok ama sabah erken kalkmalar var. İnsan kendine ben ne yapıyorum diye sormalı ve cevap vermeli. Her şeyin başı kendini umursamak değil midir zaten? Kendine cevap vermeyen ya da veremeyen bir adam ne kadar samimi olabilir ki? Eğer her sene değişen bir uğurlu sayın varsa ve eve dönerken arabaların plakalarının son rakamları tek mi diye bakıyorsan... İçinden totem yapıp üst üste üç plakanın son rakamı tekse o da beni özledi diyorsan ve o üç plakanın son rakamı tekse o zaman her şey daha zorlaşıyor. Arayan o değil başkaları ve gün boyunca gelen mesajlar gsm operatörlerinden… Bu saatten sonra yataktan başka yer avutmuyorsa seni… Benziyoruz işte birbirimize, yatmadan önce bir bardak su iç, benim üstüme.

Bazıları verdiğin değeri anlamaz hepsi bu.
Kaybetmek en çok onların hakkı işte...

Dokunsalar Ağlamam

Bazen şehrin herhangi bir yerine alışırsın. O yer olmadan yaşayamam dersin. Bazen hiç gelmeyecek birini beklersin ve birini beklediğini duyan herkes üstüne alınır. Bazen beklemekten vazgeçersin. Otobüs şoförünün gördüğü boşluk gibidir aşk, sen göremezsin. Arkalara doğru ilerlersin, yüzlerce hayattan sıyrılıp geçersin. Bu arada epeydir elma yemiyorum, her gün düzenli olarak asansöre biniyorum. Dışarıda kar yağıyor, hava soğuk ama üşümedim bugün. Yeni bir mont aldım, bir de sabah kaşarlı tost yedim. İyiyim yani her şey yolunda...

Hangi şarkının çaldığı önemli değil, senden bana gelsin yeter.

Bazen Hatırlarsın

Bütünleşiyoruz hayatla, ayrılıyoruz kendimizden, tutsak kalıyoruz biraz, yalandan sevişmelerimiz var, sevemiyoruz çoğu zaman ve elde edinçe kaçıyor hevesimiz. Bazen çok sakiniz, bazen dalgalanıyoruz, hayatın büyük bir bölümünde kalp boş ve aslında olması gereken insan yanımızda yok. Bazı kızlar çok güzel, bazen hayatına giriyorlar, çok kalmayacaklar biliyorsun. Önsezilerin kuvvetli olunca baştan bitiyor o ilişki aslında. Sen de çok istemiyorsun zaten, alışmışsın rahatlığa, sevmek yorucu geliyor. Belki sevmenin verdiği huzuru başka bir şeyde bulamıyorsun ama yine de yalnızlık çekici geliyor çoğu zaman. Gözlerin gidiyor, onu istiyorsun; bazen sadece serçe parmağını öpmek, bazen saçlarıyla oynamak. Bazen fazla geliyorsun ona. O da yapamıyor seninle, kabullenemiyor ilgisizliğini... Çekip gidiyor arkasına baka baka, çünkü severken gitmek böyle bir şey. Bir film açıyorsun, muhtemelen bir şeyler onu hatırlatıyor, yarısında bırakıyorsun filmi. Her ilişki bir şekilde yarım kalıyor zaten. Sonsuza kadar sarılmak istediğin birini buluyorsun ve ortak bir şarkınız oluyor. Sonrası yok, sevmişsin artık, bir süre düşünme ve onu olduğu gibi kabul et. Ya oluruna bırak ya onu bırak. Onu bırakma, yeniden sevmek çok yorucu... Vaktin olursa kendine iyi bak.

Bazen sıkılıyoruz. Yani çoğu zaman.
Aslında genelde sıkılıyoruz.
Evet sıkılıyoruz, belki de limondan daha çok.

Çay Kaşığı

Şartlar uygun değilse yazamazsın. En basiti sessizlik lazım insana... Belki çok kısık bir müzik de iyi gelir. Kahve de isteyebilirsin ama sütlü olmasın, filtre kahve olsun mesela üst üste iki fincan iç. Yazı seni çağırsın, sen yazıya gitme, sen gidersen hep eksik gidersin, o çağırmıyorsa yazma. Kahve yoksa çay da içebilirsin ama çayın dibine temel atma (7-8 küp şeker). Bence tek şeker ideal. Mümkün olduğu kadar soyutlan ve uzaklaş her şeyden, sonra şunu düşün mesela, kahveyi karıştırdığın kaşığa, çay kaşığı mı diyorsun yoksa kahve kaşığı mı? Evet, biz de böyle çok yönlü olmalıyız ama aynı zamanda biri yapışmalı üstümüze... Kahveyi çay kaşığıyla karıştırıyoruz. O kaşığın üzerine yapışmış çay kaşığı lafi, kimse kahve kaşığı demez. Hayat böyle işte, biri üzerine yapışsın, adın o olsun ama sen yine kaşık ol. Herkes seni çay kaşığı diye bilsin, sen kahveyi de karıştır.

Ve belki de hayatının aşkı bugün senle aynı anda su içti.

Ben Sana Âşığım

Ben sana âşığım sıcak olduğu kadar korkulası bir cümle ve bazen kalbi dönüp dolaştırıp aynı yere bırakır. İnsanın kalbi söz dinlemez ve karşısındaki acı verse de sever. Zaman zaman vazgeçmek istersin ama yapamazsın. Alışmışsındır bir kere acı çekmelere... Bazen umut verir karşındaki, hani bir bakışı yeter işte, bir şey olduğu yok aslında, bir şey olmaz işte, sadece baktığı yere denk gelmişsindir belki de. Git radyoyu aç ve onu sevmeye devam et, zamanı gelince vazgeçersin.

Nasıl âşık oluyorduk... Unutmuşum ben.

Hayaller

Yatak hikâyelerin çoğalıyor, değersizleşiyorsun. İnsan çok fazla kişiye ait olmamalı; ki ait olduğunda sonu gelmez çoğu zaman, doyumsuzlaşırsın, kimseyle yetinemezsin. Yüzünün güzelliği kimseye yetmez zamanla, gülüşünün masumluğu gider, bildiğin kirlenirsin. O zaman ne yaparsan yap olmaz. Birini seversin ve belki hayatının aşkıdır o. Her an hayal ettiğin insanı aslında çok eski yatak hikâyelerinde kaybetmişsindir. Orgazm sigaraları niyetine hayallerini yakmışsındır.

İnsan unutmak istediklerini değil,
hayatının ona unutturduklarını unutur.

El Ele

Bazen sevgilin oluyor, elini tutuyorsun, bu çok büyük bir şey bence... Birinin elini tutmak, birine karışmak gibi. Herkesin eli tutulmaz ki. Bazen sevgilinin bile elini tutmazsın, sadece koluna girsin istersin. Her ne kadar küçük bir şey gibi dursa da çok büyük bir şeydir el ele olmak, çünkü sonraki aşama sarılmaktır ve her erkek sarıldığında sanki bir ömür boyu çözülmeyecek kollar ister boynunda. Her kadın öyle sarılamaz ama sadece sarılır bazıları ve sadece elini tutar. Sen yürürsün o da yürür ama beraber yürümezsiniz, sadece el elesiniz, hepsi bu.

Hayat, hayatımızda olan insanlara rağmen yalnız olduğumuzu anladığımız anda başlar.

Oha Faule Bak

Bazen çok güzel bir kız girer hayatına (yüzünden, fiziğinden bahsetmiyorum güzel derken). O başka bir güzelliktir herkes göremez. Sen seviyorsun diye takımının on birini bile ezbere bilir, ofsaytı öğrenir. "Oha faule bak" der. İşte sonra bakıyorsun, kız resmen sana benzemeye başlıyor. O senin için yaşarken, sen onun için yaşayamıyorsun. İlişki devam ediyor ve ondan iyisini aramak saçma geliyor. Bazen ağlıyor senin için, kıyamıyorsun, ait değilsin ona ama seviyorsun, sevmek bir bakıma aitlik oluyor işte, kendine bile ait değilken...

Bazen sırf o seviyor diye ona benzeriz.

Çilekli Puding

Ne yapmaya çalıştığını bir anlasam dediğimiz insanlar var. Çözemiyoruz işte, bulmaca gibiler. Bizim komşunun oğlu taksici İsmet var mesela. Adam gerçekten 'cool'. Hani öyle 'cool' olmak için zorlayanlardan değil. Bence hayatla dalga geçmeyi biliyor. Geçen gün sevgilisiyle konuşuyordu. "Ben seni çilekli puding kadar seviyorum" dedi. Bir adamın en sevdiği şey çilekli puding olabiliyor. Bu arada İsmet adalete inanmadığı için hukuk bölümünü 3. sınıfta bırakan biri. Onun yaptıklarını, göze aldıklarını görünce bir derin nefes alıp, vay ne 'cool' adamlar var diyorum. Hem çilekli puding seviyor, hem sevgilisini çilekli puding kadar seviyor, hem taksicilik yapıyor, hem de iki günde bir kitap bitiriyor. Belki de hayatı doğru yaşayan o. Ben de severim çilekli pudingi ama sevgilimin yanında lafı olmaz.

Gelecekteki sevgiliye not: Çilekli puding seviyorsan gel.

Tekrar Tekrar ve Tekrar

Hayatına biri girer, en sevdiğiniz renk aynıdır, hatta uğurlu sayınız bile... Aynı şeyleri yapmayı seversiniz, müzik listeleriniz bile aynı, 3-5 şarkı hariç. Zaten kimseyle birebir ruh ikizi olamaz ki insan. Aynı şeyleri sevmişsiniz. İkiniz de konuşmayı seviyorsunuz. Bazı yerlerde ayrılıyorsunuz, farklı görüşleriniz var. Yağmurun altında ıslanmak saçma geliyor ona, sevmiyor mesela. Sen seviyorsun ama yaptığın şey saçma biliyorsun. Balık tutmaya gidiyorsun bazen sabahın beşinde. Sevgiline bir mesaj atıyorsun; "Hava bugün çok soğuk, sabahın beşi ve ben balık tutuyorum, mp3 çalarda bizim şarkımız, sen uykunun en tatlı yerinde, ben hâlâ seni tekrar tekrar sevmek için yeniden uyanıyorum."

Neden her şarkının içine giriyorsun?

Tripsiz

Sonra bakıyorsun geçmişe doğru, iki sene olmuş. Artık trip bile atmıyor, özlüyorsun ilişkinin ilk zamanlarını... Bir sıradanlık, bir çikolata çılgınlığı, bir alışveriş manyaklığı... Onlar daha çok heyecan veriyor ona. Bugün şöyle yapalım diyorsun, isteksiz cevaplar alıyorsun. Yapacak bir şey kalmıyor, elinden bir şey gelmiyor. Alışkanlık var işte, yeni birine yer yok, sabah uyanıp yine onu seviyorsun.

Tripler bile özlenir bazen.

Mavi

Küçükken başka başka insanları sevince, anneme sevgimin yetmeyeceğini düşünürdüm hep. Sevginin kotalı bir şey olduğunu düşünmek gibi bir şey bu. O zamanlar kota kelimesinin anlamını da bilmezdim zaten. 8-10 yaşında bir çocuk sadece sevebilir ama bunları da düşünüyor işte... Annesi olmayan bir arkadaşım vardı. Her gece yatarken, her sabah uyanırken annesiz kalacağım diye korkardım. Gökyüzü herkese mavi ama herkes bakamıyor işte o gökyüzüne... Mavi güzel renk, annemin gözlerinde saklı bir kısmı.

Anne diyebilmek başka bir huzur.

İlk Anlar

Bazen biri geliyor ansızın... Anlam kattığı yok hayatına, sadece biraz heyecan, anlık bir tutku belki ama iyi geliyor ruhuna. Bir değişim başlıyor göğsünde, aklın sol tarafina gidiyor. Bilirsin işte, ilk anlar, hoşlanmalar, kaçırılan gözler, ne desem acaba temalı duruşlar... Hepsi birikiyor bir anda, âşık oldum sanıyorsun belki de âşıksın, kestiremiyoruz işte bunu, zamanla geçiyor, susuyorsun, bitiyor. Konuşursan âşk olsun.

Bazı ilk anlar sadece kesişmelerden ibarettir.

Bana Kahve Yapsana

Neden sevdiğinin cevabını bulamazsın bazen. Alışkanlık desen değil, ondan güzelini bulamam desen değil, seni çok iyi anlıyor desen o da değil... Yeniden birini sevmek istemiyor olabilir insan, sevmek yorucu iş, bir iş, bir oluş, bir varoluş... Peki insanlar neden yalnız? Çünkü insanlara yeterince şans vermiyoruz. Biri bize vermiyor o şansı, biz başka birine vermiyoruz. Bu bir kısırdöngü işte. İnsan, keşfedilmesi en güzel şey aslında ama sabır gerektiren bir şeydir bir insanı keşfetmek. Amerika'yı yeniden bulmaya gerek yok ama insan keşfetmeli karşısındakini, keşfetmeden sevemez ki...

Mükemmel cümleler kuran bir sevgilin varsa, ehh işte tipi de idare ediyorsa, bir de senin tarzına uygun giyiniyorsa, çok daha fazlasını istemek işin suyunu çıkarmaktan başka bir şey değil. Ki zaten bu özelliklerden genelde "ehh işte tipi idare eder" kısmına rastlıyoruz. O da haliyle yetmiyor. Bu arada bana kahve yapan bir kızdan daha çekici bir kız varsa, o da "Bana kahve yapsana" diyen kızdır. Neyse kahveni iç, soğutma...

Yine de bana kahve yapar mısın?

Sadece O

Âşık olduğunda yapacak bir şey kalmıyor. Dünyanın en yakışıklı adamı ya da dünyanın en güzel kızı olsan fark etmiyor. Milyon tane sevenin olsa dönüp bakamıyorsun. Aklında o varken etrafındakilerin anlamı olmuyor. Bazen bilirsin biteceğini, çok seviyorsundur, hani bitsin istemezsin ama bitmiştir, bilirsin. Evde kahve kalmaması gibi bir şey işte, olmayan kahveyi seversin ama bitmiş işte, içemiyorsun. Dışarı çıkman lazım yeni bir kahve için ama dışarı çıkarak bulamıyorsun ki aşkı, o seni buluyor isteyince...

Özetle kahve çok farklı bir şey.

Alışınca

Ve gerçekten değerli olmak istemiyorum başka birinin kalbinde. Belki de en yakışmadığım yer orası. Beni göğüslerinde uyut, belki o zaman büyürüm. Sana daha uzak olan bir yere gidebilirim ama senin olmadığın bir yere gidemem. Dünya İstanbul'dan ibaret değil belki... Belki her yer başka, her yer farklı ama insan yanında taşıyor sevince... Mesela istediğin kadar uzağa gidebilirsin ama kaçamazsın, zaten kaçmak kendini kandırmaktan başka bir şey değil. İnsan aynı yerdeyken nasıl kaçar ki? Ve bir kalbin içini ''kendine iyi bak'' lafı boşaltabilir mi? Biraz düşün, sonra beni yeniden sev. Olmadı yeniden gidersin, alıştım ben.

Eski sevgiliyi çok özleyip, içinden mesaj atma isteği geldiğinde devreye giren otomatik fren sistemine gurur denir.

Geç Kalmadan

Bugün seni sevdiğimi söyleyebileceğim son gün olabilir. Kelebek kadar ömrümüz olsaydı, seni seviyorum demek için bu kadar beklemezdik.

Evet, çoğu zaman "seni seviyorum" demeye korkuyoruz.

Karşımızdaki yalancı çıkıyor bazen, onun da etkisi var tabii

Neyse, belki bugünün kelebeği sen ya da ben...

Belki yarın son günümüzü yaşayacağız.

Seni seviyorum. Geç kalmaya gerek yok.

Gelişine sevmek lazım, düşünmeden.

Kırmızı

Allah kahretsin ki aklına geliyor bazen... Umursamaz olamıyorsun, aklına gelişini seviyorsun. Sonra karşı yoldan biri el sallıyor, değiştiriyorsun yolunu, müşteri biniyor arabaya. Unutuyorsun o an aklına geleni, taksimetre ne kadar yazar diye düşündüğünden değil, sırf unutmak istediğinden unutuyorsun. Yolda kırmızı montlu bir kız görüyorsun. Unutamamışsın işte, bu gece sabah olmaz.

Bazen ortada hiçbir neden yokken özlersin.

Aslında

Aslında hiçbir sorumun cevabı değilsin ama seviyorum
işte.

Olmasan da olur diyemiyorum, seviyorum.

Seninle yürümek daha güzel, yürümeyi de seviyorum.

Yürüyüşünü seviyorum.

Arabalardan korkmanı seviyorum.

Karşıdan karşıya geçmeni, bir şey yerken beni izlemeni seviyorum.

Benim yanımda mutlu olmanı seviyorum.

Başka bir adam yapmaya çalışmıyorsun beni.

Böyle kabul ediyorsun, kabul edişini seviyorum.

Beni okumayı seviyorsun, beni seviyorsun.

Seni seviyorum.

Her insan gibi değil, başka seviyorum ben seni.

O her sıradan adam gibi değil.

O sıradan kurulan cümleler gibi değil.

Ben seni, başka bir alfabeyle seviyorum.

Git dediğimde gidemeyişini

Arkamdan bakarken üzülüşünü seviyorum.

Biz bize yeteriz, bizi seviyorum.

Yapacak bir şey yok, seviyorum.

Sana Seviyorum

Hayat cümlelerden ibarettir. «Seni seviyorum» en klasik ve yerine göre en anlamlı cümle olabilir ama çok eskidi. Eskittiler belki de... Çok heyecan vermiyor bana. Orijinal şeyleri seviyorum ben. Mesela "alışveriş bir yana sen bir yana" demeli sevgilim bana... Cümleleri uzatmalı. Konuşacak bir şey bulamıyorsa, "Başka?" demeli... "Sonra?" demeli. Benimle konuşmak istediğini hissettirmeli. Onu sevmek için neden aramamalıyım. Her cümlesi bir neden olmalı. Bir de nazar değmesin bize, biraz kusurlu sevsin. "Seni Seviyorum" değil de "Sana seviyorum" desin.

Aslında seni seviyorum.

Yanımda Kal

Anlık değildir sevmelerim.
İyi bilirsin ki zamana yayarım.
Hiç gözlerini kaçırma, en ufak bir bakışta yakalarım.
Korkma
Korkma söylemem sana beni sevdiğini.
Kalabildiğim kadar uzağında kalırım.
Merak etme paylaşmam kimseyle.
Sadece sen bilirsin beni sevdiğini.
Ben mi?
Beni sayma, haberim yok sen söylemedikten sonra.
Uzaktan bakmalara gerek yok.
Gelebilirsin yanıma.
İstersen anlat sevgini, sanki başkasını sever gibi.
Dinlerim sıkılmam.
Bakma gözlerine baktığıma, üstüme de alınmam.
Uzarsa anlattıkların anlarım.
Sanki boşa geçti tüm anlarım.
Ve...
Biter mutlaka sözler.
Gidişin en zoru ama belli etmek yakışmaz sana.
Rahat bir tavırla en kolayından bir hoşça kal.
O an susuyorum ama lütfen, hoşça kalma da yanımda kal.

Ben aynı ben ama eksildim biraz, kısacası senin dönecek yüzün olsa bile benim seni koyacak bir yerim yok.

Boş Verelim mi?

Başkalarına beddua etmek için harcadığın zamanı, kendi haline şükretmek için dua ederek harcamalısın. Hayat üzerine o kadar çok şey var ki. Kim bilir kaç kişinin kötülüğünü istiyoruz. Kim bilir kaç kişiden nefret ediyoruz. Yaşanan olaylar farklı belki. İnsanlar bize kötülük de yapmış olabilir. Sonuçlar hep aynı ama nefret ediyoruz birilerinden.

Sevmiyoruz. Bunun için bile vakit kaybediyoruz işte. O nefret ettiğimiz insanlar hakkında konuşmak, o konuşmalar tamamen vakit kaybı. Bugün kendine bir iyilik yap, düşünme o kötü insanları, unut yediğin kazıkları. Bırak kirlenmesin senin kalbin bu gece uykuya dalarken. Kimseden nefret etmeden uyu. Sabah gözlerini daha kolay açacaksın. Çünkü tertemiz bir kalple uyanacaksın.

Beddua etmeye vakti kalmamalı insanın...

Sadece Sen

İnsanların değerini bilmen şart değil, kendi değerini bil yeter. Aynaya baktığında kendine güven. Uzun süre bak kendine, düşün ve bak.

Sonra tekrar bak.

Tekrar bak.

Ne kadar gerçek olduğunu gör.

Ne kadar tek başına olduğunu gör.

Tam gözlerinin içine bak.

Kimsenin gözlerinin içine bakamazsın öyle.

Kendi gözlerinin içine bak. Uzun uzun bak.

Gör kendini, kendi gerçeğini.

Sen varsın, ötesi yok aslında.

Sadece sen. Sadece sen.

Kabullen artık sen değerlisin.

Mor Şemsiyeli Kız

Bugün İstanbul'un etrafında döndüm. En son İstiklal Caddesi'nde yürüdüm biraz. Caddedeki bir bankanın önünde bankamatiklerin hemen yanında, sarı kahverengi tonlara sahip bir battaniyeye sarılmış yatan birini gördüm ama dönüp bakmadım. Kimse bakmıyordu zaten. İnsanlar hemen onun yattığı yerin yanındaki bankamatikten para çekiyorlardı. Bir kısmı da benim gibi öylesine yürüyordu. Özetle o insan orada yattığı sürece sen ve ben kötüyüz. Suçu kimseye atmıyorum ve büyük ihtimalle orada öyle yatan da kötü biri. İnsan dünyada yalnızlıktan tükenmemeli... Yeni yıla girmişiz, Taksim'de eğlenmişiz, binlerce fahişe ruhla hoş geldin yeni yıl demişiz. Hadi eyvallah... Sana da eyvallah mor şemsiyeli kız.

Merhaba mor şemsiyeli kız...

Sadece Sevmek İstedim

Ben sadece sevebileceğim bir kız istedim.
Yaşadıklarını, yaşattıklarını anlatan bir kız değil.
Bana söyleyecek sözleri olan bir kız istedim.
Çok sevmek istedim, çok mu şey istedim!

Beni sevsin, beni övsün, beni yüceltsin istemedim.
Ona vereceğim değeri anlayabilsin istedim.
Dudaklarında yabancılar değil ben olayım istedim.

Bazen sussun istedim, sadece izlemek istedim,
Ben onun yatak hikayelerini dinlemek istemedim.
Anlatacaklarını duymak istemedim, sussun istedim.

Yaşamaksa onunla daha güzel olsun istedim.
Ben onu sevmek istedim, onunla yatmayı istemedim.
Anlamadı, anlamazsın dedim, peki dedi anlasın istedim.

Bir insanın sana verebileceği en güzel şey güvendir.

Nasılsın Sabah Uykum?

Bu sabah telefonun alarmından tam 7 dakika önce uyandım. Alarmdan önce uyanmış olmanın mutluluğu tarif edilemez. Aslında uykumu almamıştım ama mutluydum.

Sabah uykusu kadar sevebileceği biri lazım insana.

Sen gibi, senin gibi, biraz da sana benzeyen…

Ve en önemlisi bir gün "nasılsın sabah uykum?" diye mesaj attığımda "Oha bu adam beni çok seviyor" diye düşünebilecek kadar zeki.

Farklı bakış açıları olmayan bir insanla geçmez zaten bu hayat.

Bu sabah da sevdik çok şükür.

Ölmeden Önce

Yok karıncadan bir farkımız. Düşünebiliyoruz biraz... Sevişmeden uyumadığımız geceler oluyor. Birbirimizden etkileniyoruz. Paramızın yetmediği şeyler var. Bir kısmımız çok kötü, bazılarımız kanatsız melek. Biz bu dünyanın üretip tüketip içine edip gidenleriyiz. Bakma gökyüzü güzel şey ve severim denizi. Soğuktan nefret etmem ve bir kahveye hayır demem. Aşka inanmak için vakit harcamam ama yaşamak için epey bir vaktimi verebilirim. Bazen inanmadan yaşayabilir insan. Yaşadıktan sonra inanırsın işte, ne var ki bunda? Söylesene anlam vermeye çalıştıkların yormadı mı seni? Biraz daha zorlayalım bu dünyayı, bizden öncekilerin yaptıklarını yapalım. Evleniriz, çocuklarımız olur vs... Sonra da ölürüz. Karıncalar gibi basılır üstümüze, ölene kadar iyi bak kendine...

Biz aynıyız, siz nedir bilmeyiz.

İzninle Seviyorum

Kız milletinden korkacaksın. Aşk da ayrılık da onlardan gelir. Zaten erkek milleti pek beceremez sevmeyi de, gitmeyi de... Öğrenmek için geldik bazı şeyleri, öğretenler var. Öğretip gidenler, "Şimdi ne halin varsa gör" der gibi bakanlar var. Uzun uzun cümlelerin yerini alan, hoşçakal gibi kelimeler var. Uzun zamandır ileriyi düşünerek yaşamıyorum ve zaten böyle bir şansım da yok. Aylık ya da haftalık planlarım da yok. Yarın için ne olur bilmiyorum. "Biz ciddi düşünüyoruz" diyemiyorum. "Biz düşünmüyoruz." Balık ekmek yedikten sonra kazandibi yiyoruz sonra alabildiğine yürüyoruz. Belki de sırf benim yanımda diye yorulmuyor. Aşk böyle bir şey işte, çoğalırken eksiliyorsun, çok sevmekten başkasına yetmiyorsun. Bana yazdır ve gitsen bile gitme. Kaldığın bir yer var zaten, istesen de gidemezsin. Hani bazı şeylere gücü yetmez ya insanın, sevmekten vazgeçmek gibi... Yerini almıyor hiç kimse, çünkü sevişmek asla sen değil ve fahişe bir ruhun bakışları bana yetmiyor. Ben sen oluyorum, senin haberin yokken, senden gidiyorum, sana dönüyorum. Bir bakışın yeter bazen, git ama kal, hep kal... Onların giremediği yer senin çıkamadığın yer olsun. İzninle seviyorum seni.

Geçen gün yine seni seviyorum...

Sen Bilirsin

Herkes "sen bilirsin" diyemez.
Kolay değildir "sen bilirsin" demek.
Ve biri sana "sen bilirsin" diyorsa o senden önce bilmiştir.
Git demek gibi bir şeydir "sen bilirsin " demek.
Hani git diyemez ya insan bazen,
"Sen bilirsin" der işte o zaman.
Şimdi bitsin diyorsun ya bana, işte onu da "sen bilirsin".
Bu kadar açıkladım.
Bilirsin değil mi artık.
Gidebilirsin, aramayabilirsin, sormayabilirsin.
Hatta bir daha geri bile dönmeyebilirsin...
Hoşça kal.
Artık dönsen de benim değilsin, Karar senin.
"Sen bilirsin."

Sen bilirsin...

Anlaşılmazız

Bazen anlaşılmadığını düşünürsün. Seni anlamak istemediklerini. Bazen anlatamadığını düşünürsün. Bazense bunların hiçbir önemi olmaz. Sadece sonuçlarla ilgilenirsin. Yapacak bir şey yoktur ve birinin seni anlaması hiçbir şeyi değiştirmez. Anlaşılmanın da çok önemli olmadığını anlarsın işte o zaman. Çocukluğuna dönersin ve saatlerce amaçsız koştuğun anlar gelir aklına. Büyükler senin neden koştuğunu anlamazlar. İşte aslında anlaşılmamak o zamanların armağanıdır bize.

İnsanların çoğu sizi hiçbir zaman anlamayacak.
Hayatta bizi anlayacak birkaç insan var belki de...
Onlar da çok uzakta.

Üst Üste Yüz Kere Sevmeli

Âşık olmakla bakkal olmak arasında çok fark var. Evet herkes bakkal olabilir. ''Bununla bir şey oluyor mu?'' diyen çocuklara cevap vermek çok zor değil elbette... Âşık olmak öyle değil işte. Mesela sen âşık oluyorsun, o olmuyor. Bakkal olmak farklı işte. «Bir ekmek, bir süt, bir de paranın üstü» derdim. Annem öyle tembihlerdi. Âşık olunca, ''biraz aşk, biraz alışkanlık, bir de aşkımın üstü.'' diyemiyorsun. Tekrar tekrar dinlediğim şarkılar gibisin. Bazen üst üste yüz kere seviyorum seni. Bu adam çayına şeker bile olur. Afiyet olsun.

Hayaller karışmak içindir, sen karış bana,
ben bir köşeden izlerim seni...

Bir Şekilde Dön

Biraz umursamaz olmak lazım. Bayağı umursamaz olmak lazım. Hem senden değerli ne var ki? Umursadığın kadar yıpranıyorsun. Değer verdiğin kadar kazık yiyorsun. İyi geceler dediğimde, "sana da" diyen insanla işim olmaz mesela. O da iyi geceler diyecek. Diğer türlü çok basit oluyor. Neyse rüyama gel de, biraz daha seveyim seni, çok özledim, aramızda kalsın. Gitmeyi biliyorsan, dönmeyi de öğren. Olmadı kursa yazıl ama bir şekilde dön. Hiç mi dönemiyorsun? Bari kendi etrafında dön, belki bende bulamadığın huzuru orada bulursun.

Şarkılar olmasa gerçekten yalnız kalırdık.

Yolculuk

Bir ses: "Bugün dünyadaki son günün."
Bir ses: Bugün dünyadaki son günün
Şaka mı bu?
Hey kimsin sen?
Bana bak, böyle bir şeyi sen nereden biliyorsun hem
Beni rahat bırak, git başımdan!
*
*
*
*
*

(2 saat sonra)

Orada mısın?
Konuşsana benimle...
Hey sana diyorum.
Nereye kayboldun hemen, gerçekten son günüm mü?
Konuş benimle lütfen...
*
*
*
*

(5 saat sonra)

Duymuyor musun beni?

Bu yaptığın ne şimdi?

İnanmıyorum sana.

*****

*****

*****

*****

(7 saat sonra)

Off! Tamam inanıyorum.

Peki neden ben?

Benim yapacak işlerim var henüz.

Ne olur ben daha sonra öleyim!

Bir ses daha: Olmaz, sıra sende!

(10 saat sonra)

Konuş benimle

Neden ben? Neden ?

Hem benim çocuklarım var, daha çok küçükler.

Ben ölmesem olmaz mı?

Hem kim bakar çocuklarıma.

Bensiz ne yaparlar?

Konuşsana...

Ses devam eder: Öldüğünde bunları düşünmeyeceksin.

Bu dünyadaki herkesi unutacaksın.

(14 saat sonra)

Ölmek istemiyorum.

Ben burada çocuklarımla kalmalıyım.

Ses devam eder: Neden peki?

Benim yapacak çok işim var.

Daha evimin kredi borcu bitmedi.

Bir de araba aldım, ağız tadıyla kullanamadım bile...

Hem ben bir öğretmenim, daha yetiştireceğim çok insan var.

Çocuklarım da ufak anlıyorsun değil mi?

Ölemem ben, işlerim bitmedi bu dünyada.

Çocuklarım büyüsün, torunlarımı göreyim.

Hak ediyorum bunları, ben hep onlar için çalıştım.

Bana bunu yapmayın, yaşamak istiyorum.

Ses devam eder:

Bu dünyada hiç kimse işlerini tamamlayamaz, çünkü işleri bitmez. Hem çok yorgun görünüyorsun. Biraz uyusan iyi olacak.

(23 saat sonra)

Ses tekrar duyulur: Uyansan artık...

Hey! Ne kadar kaldı? Neden uyuttun beni?

Ses devam eder: Sadece bir saatin kaldı.

Artık hep beraber olacağız.
Yanıma geldiğinde cennetimi gördüğünde
Hiç dönmek istemeyeceksin bu dünyaya...

Nasıl bu kadar çabuk geçti zaman? Nasıl bitti koca bir gün?

Ses devam eder:

Biten bir gün değil, bir hayat ve arkanda kalanları düşünme sakın. Ben onlara bakacak birilerini bulurum, bana inan.

Benim ölmemem lazımdı. Çocuklarım daha çok ufaktı. Ölmemem lazım, ölmek istemiyorum...

Zaman dolmuştur ve rüya biter. Genç öğretmen uyanır. Çocuklarının odasına gider, oğluna ve kızına sımsıkı sarılır. Onlara güzel bir kahvaltı hazırlamak için evden çıkar. Yan komşusunun kapısının önünde birçok ayakkabı vardır ve kapı aralıktır. Sabaha karşı vefat etmiştir yan dairede oturan öğretmen komşusu. İki çocuk bırakmıştır arkasında kimsesiz.

Bu iki çocuğun önce babaları, hemen ardından anneleri ölmüştür. Şimdi yurda verileceklerdir. Ne dedeleri ne nineleri ne de bir akrabaları vardır. Rüyanın etkisinde kalan öğretmen o çocukları alır ve kendi evlatlarından ayırmadan büyütür.

O an, rüyasındaki sesi tekrar duyar:

Biten bir gün değil, bir hayat ve arkanda kalanları düşünme sakın. Ben onlara bakacak birini tanıyorum, bana inan.

Hayat böyle bir şeydi. O her şeyi bizden daha iyi biliyordu. A ve B'nin bir açılımı da Anne ve Baba'dır. Evlat insanın gözünün bebeğidir. Baba gözkapağı, anne kirpiktir. Öyle korunur o çocuklar...

Olmuyor Bazen

Yine de unutamıyorum seni. Çok severdik ya, seçemezdik birini. Gemiye binsek treni, trene binsek gemiyi özlerdik. Şimdi sen yoksun ya, aklımda ne tren var ne gemi. Otobüse biniyorum inadına. Yine de unutamıyorum seni.

Olmuyor, bazen boşuna yürüyorum aynı yollarda, amacım yok, sırf sana rastlarım diye geçiyorum o yollardan. Kaldırımlar ıslak, yol sessiz sakin, tam senin istediğin gibi. Sen eksiksin, şemsiyemiz yok şimdi. O çay içtiğimiz yer hep bomboş. Sanki kimse oturmak istemiyor senin yerine. Zaten yakışmaz ki kimseye oralar.

Kabullenemiyor insan ölümü işte. Hâlâ görürüm diye aynı yolları aşındırıyorum. Geçenlerde mor şemsiyeli bir kız gördüm, yürüdüm arkasından sanki sendin. Dokunacak gibi oldum, kayboldu. Hayaller ölmüyor işte. Ölmüyor bazen…

Şimdi sen yoksun ya, aklımda ne tren var ne gemi.
Otobüse biniyorum inadına. Yine de unutamıyorum seni.

Sevgi Balendi... Ya Balen Neydi?

Geçen gün kızın biri içinde meme geçen bir cümle kurdu. O yüzden cümleyi tam olarak hatırlamıyorum ama sutyenli bir şeydi. Sutyenin teli işte. 'Balen gibisin bazen çok can yakıyorsun' dedi. Balen benzetmesi bir yana kelimeye takıldım ben. Balen kelimesini ne kadar az kullanmışım hayatımda. Şöyle bir düşününce, neden kullanayım ki bu kelimeyi. "Aşkım, balenin rahatsız ediyor mu?" Umm çok saçma...

Balensiz bir gecenin ardından, balene benzetilen bir adam olarak, kendimi bir cümle birleştiricisi olarak tanımladım kendime... Belki de sadece sözcükleri birleştirirken bir sürü müzik dinleyen bir adam. Eğer bir gün balenin canını yakarsa beni hatırlarsın çünkü balen hakkında yazı yazan ikinci bir adam daha bulma şansın çok az. Ayrıca bu bir şans mı, o da tartışılır ya da tartışmaya değmez.

Bugün balenli cümleler kurdum. Neydi balen? Toparlayan, kaldıran, dik tutan, sarkmayı, zıplamayı, hoplamayı önleyen, özetle hatuna kendini güvende hissettiren bir şeydi. Balen hatun dostu, balen göğüs güvenliğiydi. Ya ben?

Balene benzetilirken verdiğim acılardan yola çıkıldı. Oysa balen yalnızca batmazdı... Dik tutardı, toparlardı, hatuna güven verirdi. Evet ben bir balendim, şimdi beni bir kez daha sevebilirsin. Arada acı versem de bir hatunun aradığı her şey bendeymiş. Vay be ben neymişim?

Bazı insanları ezberliyorsun, bazılarının hafızanda yeri yok. Dizlerim dizlerini özledi. Benlik bir şey yok...

Dün Gibi Özledim

Bugünlerde içinde sen olan tüm dünleri özledim ama seni hiç özlemedim. Sadece yaşadıklarımı özledim. Kendimi kahveye verdim son zamanlarda, sigara içmiyorum ya ondandır diyorum kendi kendime. Kendimi sana vermiştim öncesinde, olmadı olamadık, birlikteyken yapamadık. Yine sana aldığım o bordo ojeden aldım. Verecek kimseyi bulamadım, çok kötü bir renk zaten!

Şimdilerde mağaza mağaza dolaşmıyorum peşin sıra, bunun tek yararı bacaklarıma, yorulmuyorum artık. Saatlerce beklemiyorum orada burada seni ve kimse kıramıyor artık beni. Yazılarıma da bir şeyler oldu senden sonra, reçetedeki ilaçları alamayan hasta gibiler.

Bugünlerde içinde sen olan tüm dünleri özledim ama seni hiç özlemedim. Ben yaşadıklarımızı sevdim sadece, sen benim puzzle'ımdın, tamamladım seni bittin, sıran geldi gittin.

Arada özlüyorum ama senle ilgisi yok.

Günaydın

Bazı insanlar ruhlarını satarlar, bazıları bedenlerini... Bazı insanlar her şeye rağmen hiç giremeyecekleri eğlence kulüplerinin önünden geçerler. Kaldırım taşı herkese aynı ve gün doğduktan sonra herkese eşittir "günaydın" lafı. Gülmek cesaret istemez ama ağlamak cesaret ister. İnsanlar çoğu zaman kaçar ağlamaktan, güçsüz olarak adlandırılmaktan korkarlar. Sonra gün biter gece biter, tekrar gün doğar. Bazı insanlar ruhsuz, bazı insanlar bedensizdir artık. Sabah kalktığında hâlâ aynaya bakacak yüzün varsa;

Günaydın, hoş geldin...

Aynaya bakabilmeli her sabah.

Son Gelince

Eriyen mumun yanan ipiyim desem yeridir. Kendimi sodaya verdim bugünlerde ve aksine karnım da tok değil. Hep aç karnına içiyorum. Sindiremediğim, yediğim yemekler değil, sadece yediğim kazıklar, çok iyi biliyorum. Şimdi hiçbir battaniye ısıtmıyor senin kadar... Senden sonra bir el tutmamak, tutamamak böyle bir şey işte. Telefonuma mesajlar geliyor, hiçbiri sen değilsin. Özlüyorum desem, diyeceksin sen bilirsin.

Bugünlerde kaldırımlarda yürümüyorum, çözülen ayakkabılarımın bağcıklarını da bağlamıyorum. Kendime pek özen göstermiyorum. Eriyen mumun yanan ipiyim desem yeridir. Sonumu bekliyorum.

Kaldırımlar yalnız insanlar için vazgeçilmez bir dost olabilir.

Değişim

Hiç kullanılmamış bir çocuk kalbi vardı bende ve kötülük nedir bilmezdim seni tanımadan önce.

Kapı arkasına astığım tüm kıyafetler, çocukluğumda biriktirdiğim misketler gibiydi.

Hepsi farklı, hepsi sevilesiydi ve her cümlemin sonu üç nokta ile biterdi, bir beni bir kez daha anla diye...

Yokuş çıkmakla geçti benim okul hayatım, senin evin okula çok yakındı...

Ben boncuk boncuk terlerdim o yokuşu çıkarken, annem üşümeyeyim diye bir idam mahkûmunun boynundaki ip kadar sıkardı atkımı, okula vardığımda iki arkadaş zor çözerdik...

En iyisinden boya kalemlerim vardı, ne istersem alırlardı ve kıymet bilmezdim bu yüzden, suçluydum senin de kıymetini bilemezken...

Hiçbir silgimin bittiğini görmedim ben, annem boynuma kolye yapardı, yine de kaybederdim, seni kaybettiğim gibi...

Okulu severdim ama en kestirme yolu kullanırdım eve dönerken, evi daha çok severdim, seni sevdiğim gibi...

Boş derslerde ben top oynardım, sen ip atlardın, sana bakmaktan oynayamazdım ya neyse...

Ödevlerimiz vardı bir de, eve gider gitmez yapardım, akşam televizyon izlemek için...

Renkli televizyon çocuğuyum ben, renkli boyalarım var, bir de kırmızı kalemim, hepsi bu...

O zamanlar yazamazdım böyle ama daha temizdim elbette...

Hiç kullanılmamış bir çocuk kalbi vardı bende ve kötülük nedir bilmezdim seni tanımadan önce...

Değişmemek gibi bir lüksümüz yok.

Sen Geleceksin

Sen geleceksin diye bütün kızları görmezden geliyorum... Biliyor musun hayat, işin gücün tesadüfler, birilerini hayatımıza sokmak birilerini çıkarmak, başka yaptığın ne var ki...

Sana kızmıyorum, aksine çok seviyorum, bir de bana sorsan şu hayatıma soktuğun insanları ve hayatımdan çıkardığın insanları, o zaman tadından yenmezsin...

Radyoda peş peşe iki şarkı çalınacaktır ve sen ikinci çalınacak parçayı kaçırmamak için o sevmediğin birinci şarkıyı bitene kadar dinler ama duymazdan gelirsin ya. Ben de şimdi öyle yapıyorum işte. Sen geleceksin diye bütün kızları görmezden geliyorum.

Gelecekteki sevgiliye not: Hoşgeldin

Sarılmak

Sarılıyorsun ondan sonra tekrar özlüyorsun. Adını koyamadığın duygular yaşatıyor sana, sevişmenin çok ötesinde... Bir paket çekirdek yedikten sonra bir paket daha yiyebilmek gibi... Nedensiz alışıyorsun. Tümüyle sevmene gerek yok, parça parça sevsen yeter. Mesela bir gün sadece ellerini tut, sonra tekrar ellerini tut. Kimse senin gibi tutamasın onun ellerini... Elmacık kemiğinin üstünden öp mesela, dudakları yokmuş gibi davran, herkesleşme... Farklı olmaya çalışma, sadece onunla mutlu olduğunu ama onsuz da olabileceğini hissettir. Hayatta herkesin bir eyvallah hakkı vardır. Onu bu haktan mahrum et.

Gitmek için değil, sevmek için benimle ol.

Karşılık

Sevmek mi? Sevilmek mi? diye sorma bana.
İkisi de yalnız başına mutsuz eder.
İkisi de ayrı ayrı bildiğin keder.
Çok duydum bu soruyu, neden sorulur, onu da anlamam pek.
Sevmek güzeldir, sevilmek de güzel.
Ayrı ayrı olunca, pek tadı olmaz.
O yüzden en güzeli severken sevilmek.
Sevilirken sevebilmek.

Aslında sevdiğimiz kadar seviliyoruz.
Biz birini çok seviyoruz. Başka biri bizi çok seviyor.
Sorun sevgide değil, sadece denk getiremiyoruz.

Düşünme

İlişkilerimizin çoğu karşımızdakinin yerine düşündüğümüz için bitti.

Bazen kendi yerimize bile düşünemezken.

Bence sen ayrılmak istiyorsun...

Sen beni sevmiyorsun...

Sen beni anlamıyorsun...

Sen kesin olmaz dersin...

Sen zaten hep kendini düşündün...

Evet, bitti işte, çünkü biz çok düşündük.

Hadi Eyvallah

Biraz elinde olan biraz olmayan, belki çoğu zaman dayatılanı yaşayan ve hiçbir zaman istediğine sahip olamayan insanlar olarak ayrılacağız bu hayattan... Bazen birilerini çok seveceğiz, evet evet çok fazla seveceğiz ama bir türlü bizim olmayacak. Biz onu kaybetmeyeceğiz çünkü hiç bizim olmayacak. Aşk denen şeye inananlar olacak, sırf aşk yüzünden berbat hayatlar yaşayanlar olacak ve bazıları aşkın yanından bile geçemeyecek. Otobüste kesiştiğim kızlarla sırat köprüsünde kesişmeyeceğim kesin. Adımı kalbine yaz boş vaktin olursa ve unutma ki halı saha maçlarında kalecisi kötü olan kaybeder. Pencerenin kenarından soğuk geliyor. Tayt falan giyme üşürsün oralarda. Adın aşk olmasa da geç yanımdan, rüzgâra karışan parfümün yeter.

Ben sana tayt giyme demiyorum, hobi olarak yine giy.

Adalet

İlkokulda kokulu silgisi ve 24'lü pastel boya takımı olanlar vardı. Bir de önlüğü yırtık olanlar... Kırmızı çoraplı, çok havalı bir kız vardı mesela. Bütün sınıf o kızı seviyorduk. Evden ekmek arası peynir getirenlerimiz vardı. Çikolata yiyenler ve çikolatanın tadını bilmeyenler... Çöp kutusunun etrafında konuşanlar falan. Sonra bir arkadaşım vardı, epey fakirdi. Önlüğünün içine kazak giyiyordu, montu yoktu. Okuldan mont dağıttılar montu olmayanlara... Bot falan da verdiler. Bütün sınıfın önünde adları okundu, botları ve montlarını aldılar. Çocuktuk anlamıyorduk. Bu işte bir kötülük, bir çocuğun onurunun çiğnenmesi vardı. Evet, eğitimci olmalarına rağmen o günlerde bizim öğretmenlerimiz bunu düşünememişti. İlerde öğretmen olursanız siz düşünün mesela. Dünyada adalet yok demek kolay, adaleti belirleyenler biraz da biz değil miyiz? Adalet sendin.

Dönüp dolaşıp bulamadığımız şeydir belki de adalet.

Yarım Kalan

Çok sevmen lazım, böyle sarıldıkça sarılmak istediğin biri olmalı hayatında... Seninle ilgilenmeli ama bazen arayıp sormamalı, özletmeli kendini. Onu kıskanmana gerek yok, güvenmelisin. Gözün arkada kalmamalı seni aramadığında ve yarım kalan sadece yazılar olmalı. Ne sen ne o.

Eğer bir gün yarım kalacaksak, o gün bugün olmasın.

Katil

Otobüs duraklarında ve otobüslerde insanların yüzlerine bakarım. Onların içinde az önce işinden kovulmuş biri olabilir. Sevgilisinden ayrılmış biri de olabilir. Dün gece eşinden şiddet görmüş bir kadın ya da adam olabilir. Binlerce seçenek üretebiliyor insan baktıkça. Hangi durakta ineceğini bilmeyen, tedirginliği yüzüne yansımış biri olabilir. O akşam istenmeye gelecek bir kız olabilir. Az önce merdivenlerden düşmüş biri ya da tacize uğramış biri de olabilir. Tam otobüs yolculuğu sırasında annesinin ya da babasının ölüm haberini almış biri olabilir. Tam tersi şeyler de olabilir. O gün terfi etmiştir ve şirket tarafından ona araba tahsis edilmiştir. Bu yolculuk onun son otobüs yolculuğudur. Hemen otobüse binmeden önce para bulmuş ve onunla mutlu olmuş biri de olabilir. Bugün yanımda biri vardı mesela, laf nasıl oralara geldi anlamadım ama adam katilmiş. Oturdu yanıma anlattı. İnsanların birbirine saygısının olmadığını, herkesin birbiri ardından iş çevirdiğini, aslında insanların onu bu hale getirdiğini, yasaların ağırlığını, içeri girdikten sonra herkesin onu unuttuğunu... Bir sürü şey anlattı işte, dinledim ben de. Ulan beni mi buldun demedim. Nasıl diyeyim lan, adam katil diyorum. Dinlemesen çeker vurur. Bugün benim yanıma bir katil oturdu. Bir insanı öldürebilen biri her şeyi yapabilir bence. O katil bir gün sizin yanınıza da oturabilir. Belki çoktan oturdu.

Belki de şu an yanında...

Neredesin?

Gerçekten onu mu istiyorsun?
Yalnızlıktan mı?
Yoksa seçeneksizlikten mi?
Onda mı buldun kimsede bulamadıklarını?
Ah be oğlum!
Sen nerede kaldın en son?
Şimdi onda mısın yoksa bu da mı geçtiğin bir durak?

Nerede olduğunu bilmediğin insanlar var,
Nerede olduğunu bilmediğin zamanlar var.

Gitmeyi Bilmek

Soğuk her zaman üşütmez insanı, mesele bir sevgilinin yokluğu ise işte o da üşütmez. Bir annenin soğuk mezar taşı üşütebilir mesela. Ben hayata hep buradan baktım. Kaybettiğim insanları sıfırla çarptım ve bir kez daha kaybettim. Gitmeyi bilmektir yaşamak. Sen üşürken, o ısınacağı birini bulmuşsa bırak gitsin. Kaybedebilecek daha önemli şeylerinin olduğunu düşün. Annen gibi. Baban gibi. Kardeşin gibi. Yerine koyamayacağın şeyler vardır bu hayatta. Onları kaybetmeden, kaybetmek nedir öğrenemezsin. Sen şimdi olmasan da benim sıcağım bana yeter. Kimsenin gitmesiyle üşümem, yerine koyabilirim senin. Hem de cuk oturur. Ne de güzel koymuşum diye dönüp dönüp bakarsın... Öyle güzel koyarım ki bir ömür içinde kalır.

Bana söz ver ve kendine iyi bak demiyorum.
Kendine söz ver ve bana iyi bak...
Öyle yetenekliyim ki, senden giderken bile senle kalıyorum.

Birileri

Bugün birileri âşık oldu...

Birileri sevmeye devam etti.

Birileri alışmaya başladı ve yine birileri ilişkisine nokta koydu. Bu birileri sen ya da ben.

Bugün birileri öldü.

Birileri ömrünün sonuna kadar sakat kalacağını öğrendi ve yine birileri bir kez bile güneşi göremeden yaşamaya devam ediyor. Bugün birileri hırsızlık için bir eve girdi. Birileri patates kızartması yedi. Birileri biziz. Hep şanslı tarafta kalabilmek dileğiyle...

Birileri bu yazıyı okudu ve ben hangisiyim diye düşündü.

Bütünler misin?

Bir kız tanırsın sadece sarılmak istersin.

Başka bir kız girer hayatına, onunla film izlemeyi seversin mesela.

Kimi kızla sadece konuşmak istersin, çünkü muhabbetini seversin.

Bazen bir kız tanırsın ve keşke hiç tanımasaydım dersin.

Hayat karşına çıkanlara verdiğin tepkilerden ibarettir bir bakıma ve biz aşkı meleklerden çalmadık.

Adına aşk dediğimiz şey hep parça parça mutluluklardı. Bulamadık işte bütününü, ondan böyle yalnız kaldık.

Biten ne olursa olsun eyvallah.

Bir kızı çok severek mutlu edemezsiniz. Ona diğerlerinden farklı olduğunu hissettirin.

Terk Ediş

Terk edilmek güzel şey aslında, içi rahat oluyor insanın. "Sen şimdi beni istemiyorsun yani öyle mi?" diye soruyorsun. "Evet" diyor. Tamam, insan duyunca üzülüyor ama hepsi bu işte, üzüldüğünle kalıyorsun. "Peki, isteme bakalım" dersin en fazla. Ben öyle derim mesela. Bitiyor diye küfür edecek halimiz yok. Evet, evet. Ben onu seviyorum, o beni seviyor ama ayrıldık işte. Gel de şimdi çayına tek şeker atan birini gördüğünde onu hatırlama, gel de şimdi sesini, bakışını özleme. Sen ne yaptın! Tamam, gökyüzü hâlâ mavi ama beraber bakamadıktan sonra... Gör işte cümlelerin bile sonu gelmezken, sen nasıl getirdin benim sonumu. Sen gidemezdin ki benden, ne zaman öğrendin gitmeyi?

Havalı adamlarız biz, yalnızlığımız bile bir başka.

Türk Kızları Çok Çirkin

Türk kızları çok çirkin diyen adamın oluşum süreci.

-Hande çıkalım mı?

-Hayır.

-İrem seni daha yakından tanımam mümkün mü?

-Olmaz.

-Selin sinemaya gidelim mi?

-Kalsın.

-İpek mesaj paketi kullanıyor musun?

-Telefon kullanmıyorum.

-Merve fotoğrafta çok güzel çıkmışsın.

-Sağ ol.

Türk kızları çok çirkin ya...

Ne kadar yalancı adamlar olabiliyoruz bazen.

Kesişmeler

Hava çok güzel değil, dışarısı soğuk, bir alışveriş merkezinde geziyoruz. Haliyle içerde bir sürü insan var ve insanlar birbirilerinin dikkatlerini çekerler. Göz kayması diye bir şey var ama bunu kızlar pek kabul etmez. Tartışıyoruz gereksiz konular üzerine…

- O kızla niye bakıştın?

-Hangi kızla?

-Bilmemezlikten gelme ya!

-Kız bana baktı.

-Kız sana baktı ama sen de kıza baktın.

-Her şeyi anlıyorum da, sen ne ara hem bana hem kıza bakıp, bizim bakıştığımızı gördün?

-Neden yanında ben varken etrafa bakıyorsun?

-Sadece sana bakarak mı yürümeliyim?

-Ben öyle mi diyorum?

-Öyle demiyor musun?

-Sen bu kadar şeyden bunu mu çıkardın?

-Bir şeyin farkında mısın?

-Neymiş efendim. Yine lafi değiştirme çabalarındasın.

-Lafi değiştirmekle ne ilgisi var? İkimiz de soru soruyoruz ama cevap vermiyoruz. Böyle mi çözeceğiz bu sorunu? Bu kıskançlık biraz yersiz değil mi?

- Hem kıza bakıyorsun, hem üste çıkıyorsun. Ben bakıyor muyum? Ben de bakayım o zaman.

- Tamam, sen de bak. Ben sana kıza neden bakıyorsun diye sormam.

-Kıza neden bakayım ya, ben de başkalarına bakarım.

-Başkaları kim?

-Sen kızlara bakarsan ben de erkeklere bakarım.

-Olayı şu boyuta getirdin ya bravo sana. Tamam, kimse bir yere bakmıyor.

-Ha şöyle işte.

Gereksiz tartışmalar bazen ilişkilerin ömrünü kısaltır. Kıskançlık bazen güzel görünebilir ama çoğu zaman yıpratıcıdır. Farkında olmadan yıpranıyoruz ve sonra bir bakıyoruz ayrılık gelmiş. Sırf o kıza baktın diye ayrılıyorsunuz, çünkü her büyük sorunun gelişi küçük bir sorundan geçer.

Kaybetmek Bu Değil

Zaman hiç bir şeyin ilacı olmuyor bazen. Zaten hayata yalnız başlamışsın. Buna kaybetmek denmez. Hâlâ yalnızsan, sen hayatla berabere kalmışsın demektir. Kazanmak hayatına birini katmaktan mı geçer? Birini çok sevmek, o sevdiğin kişi yanında olmasa bile hayatına katılmış olur mu? Çok seviyorsun ama bilmiyor, çoktan katmışsın işte hayatına, sen onu severek yaşıyorsun. Bir kere her sabah uyandığında yanında olmasa da aklında o var. Sen onu yaşıyorsun, onun kimi yaşadığının önemi yok. Ya o hiçbir zaman yanında olmazsa, sen bu hayatı mağlup olarak mı tamamlamış olacaksın? Evet, hepimiz o kadar şanslı insanlar olamayacağız. Kahvenin tadının değişmediğini sanan insanlar var hâlâ... Sevdiğin biriyle içince aynı kalmıyor işte tadı. Her şeyin tadı değişiyor. Onu düşünerek yazdığın bir yazı başka, öylesine yazdıkların başka. İçinde o varsa her şey başka... Seviyorsun işte, hiç olmayacak birini seviyorsun belki de. Bizler yalnızlığı gözyaşlarıyla yıkayan insanlar olmayı seçmedik. Bizim seçimimiz tek başına mükemmel kalabilmek. İmkânsızı istedik. Hem sevdik hem terk edildik. Haberi yoktu, bazen ona küstük. Biz onunla yaşıyoruz. Bugün onu düşünerek uyuyacak birileri var. O sensin, ya da benim. Birilerinin, hayali birilerinin sahibiyiz. Bazılarımız en mükemmel yalnızlık ödülü verilse alacak kişiler arasında... Özetle seni seviyorum, elinden bir kahveyi esirgeme benden. Kaybettir bana yalnızlığı, adın tek bildiğim ad olsun. Hafizam senden başkasını hatırlamasın.

Beni kaybetmekten korkmuyorsan hayatında ne işin var?

Gidişin Neyin Gelişi

Bir gece ne kadar senin olabilir ki?
En uzun gece kimindir?
Bugün terk edilenlerin mi?
Sahi unutmak kaç harf?
Her harfi kaç sene sürüyor?
Gidişin neyin gelişi?
Ve bu dünya sensiz çekilir mi?
Sigara içene afiyet olsun denir mi?
Gideceksen geçme durağımdan.
Sabah kahvaltılarını unutturma bana.
Kesme iştahımı, olmayacak duaya amin dedirtme...

Bazen o gitsin ama kimse gelmesin. Acının tadı daha başka...

Ayrılmak İçin Çok Erken

Sabah 07:53 (Ayrılmak için erken bir saat)
İşe gidiyorum.

Metrobüs kalabalık ve telefon çalıyor.

-Günaydın, napıyosun?

-İşe gidiyorum. Sen?

- Ya ben ayrılmak istiyorum.

-Nasıl ya, bu saatte mi?

-Nasıl nasıl ya? Bu saatin nesi varmış?

-Sabah 7:53'te ayrılınır mı lan? Benim bildiğim bu saatte işe gidilir. Nerden çıktı bu şimdi?

-Dün gece çok düşündüm…

- Ne? Dün gece sen 11'de yattın be… Ne düşünmesi, yalan söyleme.

-11'de yattım ama gece 4 gibi uyandım ben, uyku tutmadı.

-Uyku tutmayınca sen de bunu mu düşündün, eee madem uyku tutmadı, ben ayrılayım bari mi dedin? Bu nasıl mantıktır yahu?

-Ya güldürme beni. Düşündüm de senle olmuyor, yapamıyoruz.

- Eee 6 aydır düşünmüyor muydun? Yeni mi başladın düşünmeye…

-Offf ben ayrılalım diyorum işte.

-Olur ama bu saatte olmaz, akşam 8 gibi arasan da ayrılsak olmaz mı?

-Olmaz, çünkü olmaz işte.

- Başka biri mi var?

- Başka birisi mi olması lazım?

-Yok mu?

-Yok tabii ki, sadece yalnız kalmak istiyorum.

-Baştan söylesene şunu, sen benden ayrılmak istemiyorsun ki, sen yalnız kalmak istiyorsun. Ayrılınca daha mı iyi olacak ya da şöyle sorayım, beni seviyor musun?

-Seviyorum ama boşuna konuşuyoruz. Bu ilişkinin geleceği yok.

-Sigortacılar gibi konuşma, kasko mu yaptıralım yani.

-Tamam ya. Hadi kapat telefonu.

-Madem sen ayrılıyorsun sen kapat.

-Hayır, önce sen kapat.

-Önce ben kapatacağım, sonra sen mi kapatacaksın? O nasıl olacak. Kapatıp tekrar mı arayacağım?

-Tamam, kapat hadi ya…

-Kapattım.

-…

-…

- Eeee…

-Neyse çok uzadı kendine iyi bak.

- Sen de.

-…

-Kapat hadi.

İşte bazen telefonu kapatamazsın, böyle durumlar yaşarsın, ayrılık gelmiştir ama neden geldiğini bilmezsin, kapanmaz o telefon, uzar konuşmalar, ne söyleyeceğini bilemezsin...
Bitmiştir, gereksiz yere uzar konuşmalar...
Alır kendini gidersin. Hoşça kalmak böyle bir şey işte...

Doğru İnsan

Hayat ne tarafa götürüyor, bilmeden sürükleniyoruz. Tek yapmamız gerekenin doğru insanı beklemek olduğundan bahsediyorlar. Futbolda öyle değil mesela. Sen topu beklersen başka bir oyuncu kapar o topu. Bırakmazlar sana... Doğru insan da böyle bir şey bence. Beklersen, sana gelene kadar onu beklemeyen, ona doğru yürüyen birinin olur o doğru insan. Gerçekten doğru insanı bulduğumuza inandığımızda, yürümek bir yana, ona doğru koşmalıyız, çünkü çoğu zaman hamleyi yapan kazanır.

Senin doğru insanın kim?
Hâlâ çıkmadı mı karşına?
Hâlâ beklemekten yana mısın?
Beklediğinde geleceğine inanıyor musun?
Ne kadar zamandır bekliyorsun?
Bu bekleyiş ne kadar daha sürecek?
Hiç doğru insanı bulduğunda beklemeye devam ettin mi?
Doğru insan budur dedin mi?
Beklemekten vazgeçmeyi düşünecek misin?
Beklerken kaybettiğin doğru bir insan var mı?
Doğru insan üzerine sorulan bu kadar soru fazla mı?

Ve bazen tek bir doğru insan, koca bir hayatı baştan yazar. Senden bir şey almadan, sana binlerce şey katar. Doğru insan çok ve beklemeye gerek yok sanki... O sana gelmiyorsa sen ona git. Yolun açık olsun.

Ya bizim doğru insanımız çoktan öldüyse?

Aşk Güzel Şey Ama Yetmez

Aşk güzel şeydir, sevmek ve sevilmek de öyle ama en güzeli bir ilişkiyi yürütebilmektir. Herkeste yoktur bu yetenek, kimi kırıcıdır, batırır bir anda en güzel anı, kimi kırmadığını düşünür ama bir lafla yerden yere geçirir sevdiğini. Ne kadar az kırarsak ve ne kadar çok sahiplenirsek, o kadar uzun ve o kadar huzurlu yürütürüz tüm birlikteliklerimizi. Bir durumun bir sürü dillendirilişi olabilir, neden en kırıcı olanını seçelim ki? Neden karşımızdakini üzelim ki…

Birlikte olduğum kız arkadaşımın dudağının üstünde tüyler çıkıyordu ve bu beni rahatsız ederken, onun zerre kadar umurunda olmuyordu. Hatta bazen yüzsüzleşip sende de var deyip, gülmekten yerlere yatıyordu. Ben onunla mutluydum ama bıyıklarıyla çok da mutlu olamıyordum. Kırmadan nasıl söylenir ki bu diye düşünürken, birden aklıma bir şarkı geldi.

"Tohumlar fidana, fidanlar ağaca, ağaçlar ormana dönmeli yurdumda…"

Bıyıkları ormana dönmemeliydi, benimle yarışmamalıydı. Yüzümü kızartıp biraz da şakayla karışık söyledim.

- aşkım benim kadar bıyıkların olacak neredeyse
- nasıl aşkım ya
- ya bildiğin bıyıktayız yarışması gibi
- tüy onlar bir kere, sen sibel'in dudağını gördün mü hem
- ben sibel'in dudağıyla ilgilenmiyorum hayatım
- olsun onda daha çok var
- iyi o zaman biraz daha uzat onu geç aşkım
- off çok kötüsün

Konuşma böyle devam ederken birden düşündüm. Gerçekten kötü olan ben miydim? Yoksa bıyıkları olan bir kız benden daha mı kötüydü? Evet, evet öyle bir kız daha kötüydü. Özellikle Sibel ile bıyık konusunda yarışması beni daha da çok düşündürmüştü. Konuşmaya devam ettim.

- aşkım bizim şarkımız niye yok, bir şarkımız olmalı bence…

- evet ama sen seç şarkımızı

- tamam şey olsun; "tohumlar fidana, fidanlar ağaca, ağaçlar ormana dönmeli yurdumda…"

- bu nasıl bir romantizm ya seçtiğin şarkıya bak.

- üçümüz için seçtim, sen, ben, Sibel.

- hiç komik değil

Bence de hiç komik değildi ama bıyıklarıyla vedalaşmalıydı…

Aradan geçen birkaç günde çok değişmişti. Şimdilerde bakımlı bir kız olmuştu, artık bıyıkları yoktu ve bana Yeşilçam'ın yakışıklı jönleri gibi gülümseyemiyordu. O artık yedi cüceleri eksik bir prensesti…

Sibel ile yarışmaktan vazgeçmesi hoşuma gitmişti. En hoşuma giden şey ise karanlık sinema salonlarında, bir erkekle öpüşüyor hissi vermeyen dudaklarıydı. Artık o benim bıyıklarımdan rahatsız oluyordu ve kesmemi istiyordu. Ben kestim, sen de keseceksin demesi ise beni güldürüyordu.

Şimdilerde beraber değiliz ve ortak birkaç arkadaşımızdan duyduğum kadarıyla yine uzatıyormuş bıyıklarını, o kadar da söylemiştim halbuki yakışmıyor diye.

Bu yaşanmışlığın bana öğrettiği cümle:Kız arkadaşınızın bıyıkları çıkmaya başladığında ona "Tohumlar fidana, fidanlar ağaca, ağaçlar ormana dönmeli yurdumda" şarkısını söyleyin, o sizi anlayacaktır.

Sevgiler Saygılar

Vapur geçiyordu ve ikimiz beraber sadece vapuru izliyorduk. Çantasından çıkardığı mendille burnunu sildi. Sümküre sümküre bir hal olmuştu, vapurun düdüğüne rağmen o sesi net olarak işitiyordum. İlişkimizin geldiği nokta belki de buydu. Artık rahatlamıştık ve birbirimizden çekinmiyorduk. Gazozundan bir yudum daha aldı ve geğirdi. Onu bu haliyle seviyordum. Peki bunu neden yapıyordu, bu kız böyle değildi. İlişki rayından çıkmış mıydı? Hep beraber sümkürelim, geğirelim, gaz çıkaralım bu muydu yani… Elini tuttum, her zaman ondan gelen ve bir türlü cevap bulamadığım o soruyu bu sefer ben ona sordum?

- Ne düşünüyorsun aşkım?

- Hımm?

- Ne düşünüyorsun, öyle vapura dalmışsın?

- Hiç aşkım.

- Nasıl hiç aşkım?

- Simidin susamı dişime kaçtı ya…

- İç ses (gazoz iç ağzını çalkala sonra tükür istersen bana da oluyor bazen)

- Kürdan var mı sende?

- Yok aşkım.

- Aaa bende varmış!

Ne düşünüyorsun sorusu insanı aptallaştırıyordu. Sanki o soru hep, hiçbir şey düşünmediğimiz anlarda soruluyordu. O da düzgün bir cevap verememişti. Evet, evet sevgililer arasındaki "ne düşünüyorsun" sorusunun cevabı ya "hiç" ya "sen" idi. Vapur düdük çalmayı bırakmıştı. Denizin ve etrafın sessizliğinde oturuyorduk. Birden "deniz tutar mı seni" dedi.

- Yok deniz tutmaz beni ama çok uzun yolculuk yapmadım.

- Beni de tutmaz. Ben tutar mıyım seni?

- Senden başkası tutmasın zaten.

- Bir tanesin sen ama ya.

Kulağımda vapur düdüğü, sümkürme sesi ve geğirme sesi vardı. Ben orada kalmıştım. Ne yani, bu ilişki böyle mi devam edecekti? Hiç güzel görünmüyordu, ayrıca kulağa da hoş gelmiyordu. Sevgi saygıyı yok etmeye yeter miydi diye düşünürken tekrar geğirdi.

- Pardon aşkım.

- Önemli değil bebeğim.

Simidi ve gazozu bitmişti. Gazozun şişesini bankın kenarına bıraktı. Koluma girdi ve sahilde yürümeye başladık. Onunla yürümek güzeldi ama zaten hastaydı ve iyice üşütecekti. Şapkasını da inat eder gibi takmıyordu.

- İstersen gidelim, çok soğudu burası, iyice hasta olacaksın.

- Biraz daha yürüyelim.

- Olur aşkım.

- Sen beni sevmiyorsun.

Yine kadın oyunları başlamıştı. İlgisiz olduğumu başka türlü anlatmayı bilmiyordu. Doğru, ilgisizdim ancak onu seviyordum. Bunlar çok farklı şeylerdi, sanki inadına anlamıyordu.

- O ne demek aşkım ya seviyorum tabii ki.

- Seviyorsun ama geçen gün arkadaşlarınla dışarıdayken mesaj attım cevap vermedin.

- Ne zaman?

- Hani dünya kupası mı ne, öyle bi maç izliyordunuz.

- Dört ay önceden mi bahsediyoruz?

- Evet ama cevap vermemiştin.

- Vermemiş miydim?

- Vermemiştin.

- Hay Allah benim cezamı versin.

- Öyle deme ama ya.

- Yok yok, hak ettim ben. Hatırlamıyorum tam ama olsun.

- İşte bir daha öyle yapma aşkım.

- Tamam yapmam.

Kadınların kafasına takılan konu ne olursa olsun, âdetleri ilk fırsatını buldukları anda dile getirmekti. Dört ay önce atmadığım bir mesajın, sümüklü bir sahil yürüyüşü sırasında karşıma çıkacağını hiç düşünmezdim. Acaba eskilerden kalma daha neler vardı. Onlarla ne zaman yüzleşecektim? Koskocaman bir sis bulutuydu hepsi… Üşümüş olacak ki…

- Aşkım gidelim, üşüdüm ben, hadi.

- Biraz daha yürüyelim, deniz havası iyi geldi bana.

- Peki ama hasta olursam burnum akar hep bak.

- Aksın aşkım, yürüyelim.

Sanki burnu akmıyordu ve hasta değildi. Sanki bankta otururken sümkürmekten gözünden yaş gelen, içtiği gazozun yarısını geğiren o değildi. Onun sevgisi, saygısının önüne geçmişti.

Ben onun kusurlarını görmezden gelirken, o benim kusurlarımı ezbere biliyordu.

Sahilde yürümek iyi gelmişti. Bankın kenarına bıraktığı gazoz şişesi de içime oturmuştu.

Ey sevgili, nerede ne kusurum varsa gördün,
kendi kusurlarına kördün.

Çay Çorba Çocuk (3Ç)

Kocaman bir SON yazıyordu filmde ve ikimiz de adeta büyülenmiştik. Ağır ağır toparlandıktan sonra sinemadan dışarı çıktık. Matineden çıkınca insan dışarıdaki aydınlığa hemen uyum sağlayamıyordu. Kalabalığın arasına karıştık. Şimdi biz de birbirine benzeyen o insanlardan olmuştuk. Güzel güzel yürüyorduk ki, birden "Annem ne dedi biliyor musun?" dedi ve başladı…

- Düğünde pasta en az yedi katlı olmalıymış, hem ben de öyle istiyorum.

- Neden yedi katlı olmalı ki? Altı katlı olsa ne olur?

- En alttaki iki kat annem ve babam için, sonraki iki kat senin annen ve baban için. Sonraki kat senin için, ondan sonraki de benim için, en üst katta mutluluğumuz için olacak, işte tam yedi kat oluyor.

- En üst kat çocuğumuz için olsun işte, olmaz mı?

- Çocuk mu? Çocuk sonra…

- Nasıl sonra? Ben de hemen yapalım demiyorum ama 2 sene içinde olmalı bence.

- İki sene çok erken, evliliğin tadını çıkaramam ki ben.

- Doğru, iki senede çay çorba yapmayı öğrenirsin zaten, çocuk için erken.

- Poşet çay yaparız. Hem öyle daha tutumlu olur. Hazır çorbalar falan alırız. Değişik değişik yaparız.

- İyi de öyle olur mu?

- Neden olmasın? Hem birbirimize daha çok vakit ayırırız böylelikle…

- Yok, ben öyle poşet çay, hazır çorba falan içemem. Sevmiyorum pek.

- Annemlerde yeriz. Tereyağlı mis gibi pilav, sever misin?

- Annem tereyağı kullanmıyor ki, harika pilav yapar ama bir tabak yesen ikinciyi istersin.

- Benim annemde yeriz dedim ben. Hem böylelikle daha tutumlu olmuş oluruz.

O an ciddi ciddi bu ilişkiyi sorgulamaya başladım. Ben böyle bir evlilik istemiyordum ki. Ailelerimizi bir köşeye atalım demiyordum ancak bu kadar da işin içinde olmalarına gerek yoktu. Bir an düşününce sanırım biraz sert cevap verdim.

- Annen hep böyle ilişkimizin içinde mi olacak? Bence doğru değil, pekâlâ yemekleri sen yapabilirsin. Oturur evimizde yeriz.

- Sen şimdiden böyle diyorsan, evlendiğimizde nasıl olursun bilemiyorum.

- Bir şey dediğim yok. Haksız mıyım?

- Poşet çay ve hazır çorba konusunda haksızsın tabii.

- Çay çorba dışında sadece çocuk kalıyor zaten.

- Çocuğu unut zaten, çok ama çok erken.

Bu söz üzerine kendimi bir kez daha sorguladım. Benim evlilikten beklentim neydi? Hayatım çay, çorba ve çocuk üzerine mi kuruluydu. Tek istediğim anlayışlı bir eş ve huzurlu bir evlilikti. Bir anda kendimi üç 'Ç' nin ortasında buldum: ÇAY, ÇORBA VE ÇOCUK.

- Çocuğu unut derken? O neden?

- Çünkü çok erken.

- Anlıyorum, haklısın.

Onu evine bıraktıktan sonra kendimle baş başa kalmıştım. Eve gittim ve televizyonu açtım. Evlilik programına denk gelmem kaderin bir cilvesi miydi, bilemiyorum. Televizyondaki ses, ''Biz bir şey istemedik. 7 bilezik taktı kendisi ama nişan atıldı. Nişanda takılanlar kız tarafında kalır. '' Hemen televizyonu kapattım. Biraz uzandım. Dalmışım, uyandığımda akşam haberleri başlamıştı.

Annem yemek hazır dedi. Odadan çıktım. Mis gibi anne pilavı kokmuştu mutfak. Tereyağlı bir pilav mı? Nasıl alışacaktım ki...

Akşam yemeğinden sonra odama çekildim. Bir yandan kahvemi yudumlarken, bir yandan da bir şeyler yazıyordum. O sırada amcamla konuştuklarımız geldi aklıma. Amcam hayatta her şeyin değişebileceğini söylüyordu. Buna ben de inanıyordum. Amcama göre hayatta tek değiştiremeyeceğimiz şey ailemizdi. Bir gömlek alırsın, beğenmezsin, gider değiştirirsin, bir araba alırsın, çok yavaş gidiyordur, daha hızlısını istersin ya da rengini beğenmezsin, gider başka bir modeliyle başka bir rengiyle değişirsin. Paran yoktur, bir ev alırsın, kuzey cephesidir, para biriktirir gidersin güney cephesini alırsın. Evlenirsin, eşin ile anlaşamazsın. Sorunlar yaşarsın, hayata bakış açılarınız farklılaşır. Olmuyor dersin, yeri geldiğinde eşini bile değişirsin. Aileni değiştiremezsin ama mesela baban sarhoşun tekidir, âlemcidir. Her gece başka yerde eğlenir, her sabah başka bir yerde uyanır. Babanı değişemezsin sen. Annen çok dedikoducudur hiç sevmezsin o huyunu ama annendir değişemezsin. Ailenin alternatifi yoktur, " demişti.

Eşimi değişebilir miydim diye sordum kendime... Yüzleşmek istemedim kendimle, çünkü bir ilişkinin en başında olumsuz hayaller kurmak istemedim. İlişkimizin annesinin karışacak kadar karmaşık bir boyuta sürüklenmesi beni rahatsız etmişti. Daha da kötüsü sevdiğim kızın annesinin etkisi altında kalmasıydı.

Evliliğe karşı tekrar düşünmek gerektiğini hissetmiştim.

Çünkü;

Bugün çay içelim dediğimde poşet çay, çorba içelim dediğimde hazır çorba yapan kadın, yarın çocuk istediğimde yuvadan alalım diyebilirdi.

Hazırcı hale gelmişti ilişkiler ve ben bu hazırcılığa hazır değildim.

Kocaman bir SON yazıyordu filmde.
Beraber izlediğimiz SON film olacağını tahmin etmemiştik...

Gidiyorsun Gidiyorum

Sana öğrenmen gereken her şeyi öğrettim. Cümleler öğrettim, bazıları çok fazla kullanılmayacak. Yalanlar öğrettim hiçbir zaman kullanmanı istemediğim. Sevmeyi öğrettim demek isterdim, onu öğretemedim işte, sen onu biliyordun zaten.

Senin hiç uçan balonun oldu mu? Hiç elinden kaçırdın mı? Hiç kapılıp gitti mi rüzgâra? Uçan balon geri döner mi? Dönmez değil mi? O ölümü seçer. Her özgürlük sonunda acımasız bir gerçekle yüzleştirir insanı. Gökyüzü güzel ama çok yükselirsen ölürsün işte. Nihayetinde uçan balon patladı.

Bazı insanlar var, çok sevdiklerimiz işte. Onlardan uzaklaşmayı deniyoruz zaman zaman. Nedeni önemli değil ama büyük ihtimalle kırılmışızdır. Uzaklaşırız belli bir mesafeye kadar, sonra öyle kalırız. Yaşarken ölmek gibi bir şey bu. Uçan balonun patlaması gibi...

Sana gitmeyi öğrettim ve hâlâ senden daha akıllıyım, çünkü hâlâ beni anlamıyorsun. Yeşilçam filmlerinden kalma taktikler oysa bunlar. Anlamıyorsun işte, eksiğin çok. Sana eksiklerini öğrettim, bazen yüzüne vurdum.

Sana yazmayı öğrettim, okumayı zaten biliyordun. Daha güzel yazmayı öğrettim ben sana. Kelimelerle dans etmeyi, gelişine yazmayı öğrettim. Korkmadan cümleler tüketebilmeyi öğrettim. Silgisiz de yazılabileceğini öğrettim.

Elbette öğretemediğim çok şey var ama tamamlandın sen. Hayatın karşına çıkaracağı kötülüklere hazırladım seni. Ben sana bir adamın gerçekten nasıl sevebileceğini öğrettim. Aşkın dudaklardan geçmediğini, belki de sadece yürürken elini tutmak olduğunu öğrettim.

Soğuk havalarda sıkı giyinmen gerektiğini öğretemedim mesela. İnsanların yüzlerine neden çok bakmaman gerektiğini öğretemedim. Meselenin gelmek değil kalmak olduğunu öğretemedim. Eksiğin çok işte.

Anlık sinirlerle bitirmemeyi öğretemedim. Diyorum ya, eksiğimiz çok. Peki öğrenen ya da öğrenemeyen sadece sen miydin? Ben hiç mi bir şey öğrenmedim. Öğrendim bir şeyler, daha doğrusu bildiklerimi tekrar ettim.

Anlatmaya gerek yok öğrendiklerimi. Artık susmak gerek. Hem de öyle susmalı ki insan. Hep susmalı artık. Son sözleri içine atmalı insan. İçine atmazsa kalp kırar ve kalp kırmaya ne gerek var ki? Bir yazı yazarım, senin okuyamayacağın, okusan da sana yazıldığını anlamayacağın, anlasan da çok geç olacak...

Artık elleri cebinde yürümenin vakti geldi. Telefonları kapatmalı ve hafızayı sıfırlamalı. Yeni bir aşka yelken açmaya gerek yok. Öğrendiklerinle yaşamalısın, öğrettiklerinle gitmeliyim. Gitmek kalmaktan daha kolay. Zor olanı başaramadık yani. Biz sadece gidiyoruz, kalmayı göze alanların yanında lafımız olmaz.

Gidiyorsun, gidiyorum...

Bir aşk bundan daha kolay bitirilemezdi.

Meybuz

Hayat bakış açılarından ibaret ama herkes senin gibi düşünemez ve bazıları sadece gördüklerine odaklanır. Zekâsı o kadarına müsaade ediyor olabilir ya da zekâsını kullanmayı bilmiyordur. Seçenekler çoğaltılabilir ancak fazla seçenek her zaman gereksizdir ve zaman kaybı yaratır. Ne kadar az şey arasında kalırsa insan o kadar kolay ulaşır istediğine. İnsan gördüklerinin ötesine geçebilmeli, ve hayatında en az bir kere meybuz yemeli... Öyle "Biz meybuz yiyok" diyen çocuklara "Meybuz ne la" der gibi bakmamalı. Her şey aslında "Meybuzu seviyok biz" diyen çocuklar kadar masum ve bir o kadar acımasız. Aslında mükemmel olmaya gerek yok, sadece kaybettiklerini özleyecek kadar vicdanı olmalı insanın... En basitinden bir meybuz işte, baktığında meybuz ama yediğinde koskoca bir çocukluk.

Çocukken tırnağımı hep çok derin keserdim.
Bu da böyle bir acımdır.

Paylaşamadıklarımız

Benim söyleyemediklerim,
Senin duyamadıkların,
Aramızda kalamayanlar,
Paylaşamadıklarımız...
Affi olmaz sustuklarımızın,
Aşksa aşk, küfürse küfür,
Duyman gerekiyorsa kulağında çınlamalı her hecesi...

İnsan sustuklarının da hesabını vermeli.

Nefes

Her şarkıda onu buluyorsan ve kaybetmekten korkuyorsan,

İçtiğin her kahvenin yudumunda, uykusuz gecelerinin başrolündeyse, yandığının resmidir işte, aşka yaklaşırken ona hapsolursun…

Ve zaman geçse de artık onsuz yapamıyorsun.

Nefes işte aşk bir nefes, sen bir nefessin...

Beni kaybetmekten korkmuyorsan hayatımda ne işin var?

Kusursuz Aşk

Sonra iyi laf yapmalı ağzın, başka türlü kandıramazsın bu kız milletini ve genelde onlar kandırılmadığını sanırlar ama kanarlar. Bir erkek bir kız kadar kusursuz sevemez, çünkü içindeki öküzlük ve açlık hiç bitmez. Çok sevgilinizin olması, ilişkileri çok iyi yürüttüğünüz anlamına gelmez ama tek bir sevgili bulup onda her şeyi bulduğunuza inanmak da çok gerçekçi olamaz. Hiç bir zaman ilk ilişkide mükemmele rastlayamayız ki, zaten mükemmeli boş ver şimdi. En mükemmel aşk platonik olandır, kusur bulamazsın ama yetmez. Bize karşılıklı aşklar lazım. Karşındaki seni çözmemeli ve onun seni çok sevmesi için çaba göstermemelisin. İşin özü; bir kızın ya da erkeğin sana verebileceği her şey standarttır. Elde edebileceğimiz şeyler belli, fazlası düşlenmemeli... Kız dediğin renkli olmalı, düşündürmeli, ara sıra sırf duymak için "Beni sevmiyorsun" demeli. O zaman daha çok sevmeyi deneriz, çünkü biz erkekler biraz öküzüz, uyarılmadan harekete geçmiyoruz... Mükemmel olan sensin aşkım, ben sana karışamazsam bir şey olamam.

Biraz yalancı adamlarız ama sırf seviyoruz diye...

Nedensiz

Bazen üst üste iki kere sıkılıyorum, bazen yüz kere...
Çok yetenekliyim çok.
Ve aslında mutluyum, her şey yolunda,
Nedensiz gelen sıkıntıdan bok bir şey yok.

Bana nedenlerden bahsetme, sonuçları konuşalım.

Susarak Sevmek

Dünyada sadece biz varmışız gibi yaşayalım biraz... Sonra tekrar aşağı iner ayrılırız. Zaten üçüncü kişiler olmasa hangi ilişki biter ki?

Bazen daha iyisini, bazen daha zekisini, daha güzelini bulursun.

Vazgeçersin elinde olandan ve kolaydır onu harcamak.

Yenisinin de daha iyisi bulunur elbet, eldekinin kıymetini bilmek lazım.

Boş ver biz hiç aşağıya inmeyelim. Sen bana sus, ben sana susayım...

"Seni seviyorum" demeden de sevebilirim seni...

Seni seviyorum demek büyük risk.
Bazen tüm hayatının içine eder.

Ömür

Bir cümle seçersin, devamı gelir. Mesele ilk adımı atmak ve bu hep cesaret ister. Çoğumuz susarız, susmak vazgeçmektir ve vazgeçmek aslında her şeyi başlamadan bitirmek. Hayatın boyunca sarılacağın birine hiç sarılmadan ölmek demek. Hep aklında kalan soru işaretleri ve tercihlerinin değişmesi demek... Başka insanları sevmek... Yok birbirimizden bir farkımız, sıradanız ve en iyi yapabileceğimiz şey birine doymak.

"Ya sevgilisi varsa" diye düşündüğümüz de olmuştur.
Kaç adım geri attık bu yüzden, kaç cümle içimizde kaldı.

Sadece Koşalım

Acı aktarılmaz, yaşanır. Kimse seni tam olarak anlayamaz ki... Zaten insan kendini bile anlamaz. Anlaşılır olmak iki kişilik bir şey ve ikinci kişi hep işleri zorlaştırır. İnsanların birbirini tam olarak anladığı bir dünyada karmaşa olmaz ve karmaşa olmayan bir yerin sessizliği, insanı karmaşadan daha çok yıpratır. O yüzden anlama beni, sadece benimle koş. Nereye koştuğumuzun önemi yok

Aşka pek inanmam ama diğerlerinden daha çok sevmem gereken bir kız olduğuna inanıyorum.

Şans Bu mu?

Anlamazsın, çünkü anlatmaz kendini...

Sen uyurken birileri içer, senin için soğuk olan hava, onların içinin yandığı bir geceden ibarettir ve aslında her yalnızlık bir seçimdir.

Sevmeye mecbur bırakılan kalplerimiz var. Çaresiziz, eksiğiz.

Bulamadığımız eşlerimiz, olmayınca olmuyor dediklerimiz, vazgeçişlerimiz var.

Öyle bir gelsin ki, git demek mümkün olmasın, çocukluğumuzdaki oyuncaklarımız kadar sevelim onu... Elbette yalnızlık bizim en güçlü silahımız, içinde kurşunu olmayan. Yalnız olmanın en güzel yanı da terk edecek kimsen olmaması. Çok mu şanslıyız neyiz bilemedim...

Terk edecek kimsen bile yok.
Çok yalnızsın çok...

Doyumsuz Adamlarız

Sadece bacakları güzel diye âşık olduğun hatunlar var, bazılarının poposu, bazılarının göğüsleri falan... Doğru düzgün yüzüne bakınca zaten çok beğenemiyorsun, erkeğin aşk sandığı biraz da cinsel dürtüleri aslında. Sırf bu yüzden bütün hatunların taş olduğunu sanan adamlar var. Bazı kızların saçları gerçekten çok güzel, bir bakışıyla adamı yerle bir edenler var. Tutuklu kalacak derecede ait değilsen ne aşkından bahsediyorsun sen? Senin aşkın tek kişilik yataktan iki kişilik yatağa geçene kadar sürer. Âşığım der kendini kandırırsın hep, dedim ya bazı kızlar var güzel değil ama çekiyor işte, doyumsuz adamlarız, suçu böyle kendime atarım.

Ben sende doydum, afiyet olsun mu bana?

Senden Hoşlanıyorum

Senden hoşlanıyorum cümlesinin karşılığının "Ben seni arkadaş olarak görüyorum" olduğu zamanlar vardır. Çoğu zaman "Tipim değilsin" diyemediğimizden olduğu düşünülse de durum bu kadar basit olmayabilir her zaman. Bazen gerçekten arkadaş olarak görürüz ve zamanla arkadaş olarak görülmediğimizi hissederiz. Sonrası hep bir "ne desem lan acaba" cümlesi.

-Senden hoşlanıyorum.

-Ama ben seni arkadaş olarak görüyorum.

-Oldu o zaman, başkasından hoşlanayım ben...

Ben seni arkadaş olarak görüyorum.

Çok Şükür

Zararsız adamlarız bizler, her şeyin içine düşen, çabalayan, çıkamayan, orada öylece yok olan... Kendinden başkasına hayrı çok, uzaklara âşık ve hep sana yenik. Öyle alternatifsiz adamlarız bizler, kendini anlatamayan, gelişine yazan, sevenine susan. Şimdi bir denizin ortasında olmak vardı; yanında bir sandal kitap, içinde binlerce insan varken yapayalnız denizin tuzuna karışmak. Kendine dur demek bazen. Yazana değil, yazdırana bakmak ve şükretmek hep.

Şimdi gitme demem ama sonra yine gel, beklerim.

Düşünme

Bugün bir kez daha sevdim ve hiçbir neden bulamadım gitmek için.

Zaten aramak nedir unuttum, bahane nedir bilmiyorum.

Kaldırımların boşluklarına bakıyorum, aramız ondan fazla açılmasın istiyorum.

Yollar uzasın, seni daha çok düşüneyim, sırf sen seviyorsun diye yağmur yağsın.

Ellerin üşümesin, beraber ısınalım mevsimler değişirken...

Fahişesin dünya, ister üstüne alın, ister alınma.

Sözlerim kaçmasın bir yerine, "ne dedi bu adam" diye düşünme.

Arada gitmek istersin ama nedenin yoktur.

Ben Tekim

Mahalle maçlarından kalma bir çocukluk lafıydı: "Ben tekim, siz hepinizsiniz." Hayat bize tek olmayı o zamanlar öğretmeye başladı aslında ama anlamadık biz. Sonra sonra baktık, biz gerçekten tekiz ve siz hepinizsiniz. Herkes tek olmayı seçemedi tabii. Bazıları hayatına birini, bazıları birilerini kattı. Tek olmak zordu. Tek olmak artistlikti. Öyle kolay iş değildi. Özetle göt isterdi tek olmak ve ben hep tektim. Sen varken de tek, yokken de tek. Öyle mahalle maçına benzemiyordu hayat ama tek olmak çok havalıydı ve havalı çocuklardık biz. O yüzden ben tekim, siz hepinizsiniz.

Mahalle kültürüyle yetişen çocuk iyidir.
İçi dışı birdir o çocuğun; kendini savunmayı da, edebiyle oturmayı da bilir.

Zaman

Bazen alıp başımı gideyim diyorum. Kol saatimi falan bırakayım masanın üzerinde... Zamanın değeri olmasın işte, cep telefonunun radyasyonundan kurtulayım. Bir sırt çantası alıp gideyim. İnsan kendini anlayacak birini sevmeli ya da aynı şeyler uğruna yaşadığı biri olmalı. Aynı yerden bakabilmeli hayata sevdiğin insan. Bu yan yana oturup film izlemek değil. Sırt sırta otururken bile aynı şeyleri görmeli, aramalı, bulmalı... Çok fazla hayal kurmamalı insan ve çok bilmemeli ve kol saatini takmalı koluna... Bu dünya bizim gibi eşeklerin dünyası, ölene kadar fikirlerini, bedenlerini, aşklarını, bakışlarını kiraya verenlerin dünyası. Günaydın hayat.

Kol saatimi çıkardığımda hayattan uzaklaşıyorum.

Sıkılmaktan Sıkılmak

Bu dünyada çok da mutlu olunamayacağını anlıyorsun bazen ve o an her şey anlamsızlaşıyor. Neyin çabasını veriyorum diye soruyor insan kendine, işin kötü yanı kendine bile cevapsız kalıyor. Kendi yüzünü görmekten sıkılır mı insan? Bazen sıkılıyor işte, yeni giysiler alıyorsun, ayakkabılar falan ama yetmiyor. Sıkılmışsın bir kere geri dönüş yok. Sen çözülmeyen bu hayatı çözmüşsün kendi içinde. Karşına oturan hiç tanımadığın bir kızla muhabbet etmek, onu tanımak ve sivrisineklerin seks hayatının neden 2 saniye olduğunu tartışmak... Oysa yeni insanlar bile yetmez bazen. Yalnız kalmak istersin ama yalnız bile kalamazsın.

Sıkılmak çağımızın hastalığı ve ilacı henüz bulunmadı.

Kara Sahil

Bir yer olmalı, insanların birbiriyle konuşmadığı, kitap okuyup kahve yudumladığı, etrafındakilerin dilini bilmediği ve mutlu olduğu... Yine de şöyle bir şey var. Şu an Ekvator Gine-si'ndeki Black Beach (Kara Sahil) hapishanesinde mâhkum olabilirdik. Kalabalık ve fare istilasına uğramış koğuşlarda sadece haftada bir yıkanma hakkımızın olduğu bir yer… Bunu düşünmek lazım. Sadece bir anlığına…

Şu an içinde bulunduğun durumla kıyaslayacak olursan, büyük ihtimalle daha iyi durumdasın. Belki de hiç iyi durumda değilsin. Az önce son paranı harcadın, paran kalmadı, sevgilinden ayrıldın, yalnız kaldın. Seçenekler çoğaltılabilir.

İyi olmak gökyüzüne dilediğin an bakabilmektir bence. Kafanı kaldır ve her şeyi bir daha düşün şimdi.

Özgürsen sorun yok.
Gökyüzü hâlâ senin...

Giden Gitmiştir

Bazen sahte mutluluklar yaşarsın. Kendine yalanlar söylersin. Fotoğraflar falan işte... Bazen çok üzerler, sırt üstü yatıp havaya atarsın, gözyaşın çarşafa akar. Unutmak istediğin adam çoktan başkasının olmuştur. Göt gibi kaldığını düşünürsün ve işin kötü yanı haklısındır. Artık içinde kendini bulduğun yazıları sana yazmıyordur o adam ve dünya güzeli olsan faydası yok, giden gitmiştir.

Bir kitap, bir sayfadır; bir sayfa bir cümle...
Çoğu aşk kitabı senin yüzünden yazıldı.
Çoğu yazar da yazmaktan fırsat bulamadı aşkı yaşamaya.

Hep Yalnızdın

Sahi nerede kalmıştın sen?
Dolu mu yine etrafın?

Hâlâ eskisi kadar çok içki içiyor musun?

Yakışıklı adamlar yakıyor mu yine sigaranı?

Ya biliyorsun sen de aslında neyin peşinde olduklarını...

Etraf yavşak dolu, eee hoş kızsın sen de.

Nereye kadar sürer ki böyle?

Sonuçta bir yerden sonra göğsünün altında kalem durmaya başlıyor.

Artık altında kalem durmayan göğüslerin sigaralarını yakıyorlar etrafındakiler.

Memelere bağlı yalnızlık. Ne kadar acı.

Artık yalnızsın, kendin yakıyorsun sigaranı,

Sen hep yalnızdın oysa...

Olmadı sigarayı bırak, hem bahanen de hazır,
yakacak kimsen yok.

Bir Prens Değilim

Biz beyaz atı olmayan çokoprens tadında adamlarız.
Hâlâ gidenleri düşündüğümüz zamanlar var.
Düşündüğümüz gerçekten gidenler mi diye düşündüğümüz zamanlar var.
Ve gitmese ne düşünürdüm diye gidişine sevindiklerimiz var.
Birinden gitmekten çok, birinin gitmesini severiz.
Bizim yerimiz belli, bizim işimiz kalmak, gitmesini bilmeyiz.
Ya bir durak gibi geçer gidersin, ya da o durağa hiç uğramazsın.

Düşünmemeyi seçtiğimiz zamanlar var.

Çemberin İçi

Çünkü hayat sana istediklerini hiçbir zaman tam olarak vermez. O yüzden ne zaman ölürsen öl, hep biraz eksik ölürsün. Kimi severken ayrılır, kimi bir ömür aşkı bulamaz. Hayat sana, senin istediklerini değil, kendi istediklerini verir. Buna da kader denir. Birazını biz çizeriz. Çemberin içine attım seni, kader boşuna uğraşmasın.

Belki de dünyanın en uzak mesafesi dudaklarımızın arasında...

Kaybettin Beni Çocuk

Sırası gelen gider ve çok alışmak, çok sevmek hiçbir zaman bir süreklilik sağlamaz.

Bizler yetinmeyi bilmeyen insanlarız, aşkın yakışmadığı aptallarız.

İnsan sürekli sevemez gibi şeylere inanıyoruz, aşk desen farkı yok.

Karışamıyoruz birbirimize ve asla tek bedende iki kişi olamıyoruz.

Ayrılık adlı hikâyelerimiz var, tek taraflı biten ama adına "ayrıldık biz" denen.

Kandırmak kendimize oynadığımız masum bir oyun ve hep çocuğuz aslında, büyümek sadece yaşlanmak, bir ruh ne kadar büyüyebilir ki...

Hep aynı, hep aynı ve hep aynı yollarda geziyoruz.

Unutmak bizim işimiz, sevmek haddimiz değil ama ihtiyacımız, yemek yemek gibi bir şey işte...

Neyse gittim ben, üzerime su içme, elma ye...

Hani zor dönerim bir daha derler ya, zor dönerim be çocuk, ayıpsın be çocuk, kaybettin beni çocuk.

Boş vaktin olursa kitap okuma, müzik de dinleme.
Az biraz beni özle, sonra ne halin varsa gör.

Vasat Aşk

Ne kadar uzaksan o kadar yakınsın, kimseye tam anlamıyla dahil olamazsın ama içten içe kapılırsın. Sırf sevdiğin için kırılırsın, o hastalık olduğunu düşünür, sen kıskanırsın. İstemediğin şeyler olur bazen, inadına yapar. Olmadık yerlere götürür seni, aklını başka yerlere çeker, orada öyle bırakır, soğuk ya da sıcak fark etmez, sırf yalnızlıktan üşürsün. İnsan ekmek gibi sever bazılarını ve aslında aldatıldığını bilir bazen ve aldatılmak onun sadece başka biriyle sevişmesi değildir. Senle yemediği tatlıyı başkasıyla yiyorsa bu bile aldatılmaktır, yeter ki hissetmeyi bil. Öyle insanlar seversin ki, hiçbir zaman düşmanın olamaz ve asla onların yeri dolmaz. Bazıları ilk olduğu için farklıdır, bazıları sadece son olacağı düşünüldüğü için... Yıpranırsın, yıpratırsın, sen farklısındır, farklı seversin, hayal bile edemediği kadar gelişine seversin. Anlamaz ki seni, anlamak istemez, anlayamaz, anlamasını istemezler. Yalnız kalman ve binlerce yazı yazman için tasarlanmıştır belki de bu hayat. Bir kızın kalbine giremezken, binlercesinin kalbinden geçersin. Öpüşmek de böyle bir şey işte, dudağın yanar, sen yanarsın, o yanar. Hiç öpüşmeden yanarsın, öpüştüm dersin, çok sevdim, çok sevildim dersin... Kendi kendine kaldığında anlarsın her şeyi, yüzleşirsin gerçeklerle, bir sokak boşluğunda görmezden gelinirsin, bu muydu sevdiğim, bu muydu uğruna kelimeleri dövdüğüm dersin. O anlamasın, sen anlatma, aldatıldın olum işte, suçu başkasına atma, onun gözlerine at.

Bütün ilişkiler yıpratır.
Zaten iki insanın yıpranmadan birlikte kalabilmesi bir mucize.

Biri

O gün farklıydı işte, diğer günlere benzemiyordu. Aslına bakarsan bu diğer günlerin de farklı olduğunu gösteriyordu. Eğer dünyada biri sizin için herkesten farklıysa, herkes kalmıyor etrafınızda o an. Herkes farklılaşıyor, sırf o «biri» yüzünden. Ve bazı yazılar çok ayrılır diğerlerinden, kime yazıldığı belli değil, bir okuyuşta anlayamazsın. Bazı insanlar o yazılar gibidir işte; ayrılır senden, bir daha bulamazsın, neden ayrıldığını bilemezsin... Hayatımıza giren o "biri" için gitmek yasaklanmalı ve hobi olarak bile gitmemeli...

Gelecekteki sevgiliye not: Gitmek için gelme.

Parça Parça

Hiçbir şeyin bütününden tat alamayız, parça parça yaşamak lazım, birbirine karıştırmadan... Çok değil bazen bir kaç cümle yeter insana; "Seni seviyorum" gibi, "Özledim" gibi... Ve hayat birine ait olmaktan çok sahip olduğunuzda ciddiye alınır. Sahip olmak sorumluluk ister ama ait olmak insanın kendinden kaçışıdır. Sahip olduğunda daha çok korkar insan, kaybedecek bir şeyleri vardır artık ve eksildiğinde parçalardan biri gider. Her şeyin yeri ayrı, senin ayrı... Anlayabildiğin kadar seversin karşındakini ve güvendiğin kadar kazanırsın onu. Sonra cümlelerini okursun. "Aaa yine beni yazmış" dersin. Telefonun çalar, arayan odur, daha ne istersin ki? Telefonunu titreten adam kalbini mi titretemedi yani...

Parçalar birleşmediği sürece eksiğiz, birleştiğinde fazlayız.

Aynı Kızı Seviyoruz Biz

Eğer seni öpmüyorsam, öpmek istemediğim için değil, öpmeye kıyamadığım içindir. Ben öyle bir adamım, bunu senden iyi bilen yok. Gözlerine bakmıyorsam, bakmayı sevmediğim için değil, bana baktığında her şeyi unuttuğum içindir ve bunu da senden başka bilen yok. Ben öyle bir adamım, hep söylüyorum ya, gelişine seviyorum seni... Bana gelişine, yine gelişine... Ve içimde bir adam var, susmuyor hiç, seni nereden tanıyor, onu da bilmiyorum. Aynı kızı seviyoruz biz.

Seni yazmak, sana dönmek demektir.

Sev-iş-mek

Hayat senin için tasarlanmış bir yer değil ve istediğin kadar uzun yaşa, asla aradığını bulamazsın. Tatmin olmak zaten en zoru. Umursamaz olacaksın biraz, uyumak, işemek ve sevişmek dışında da huzur veren şeyler var. Uyumak güzeldir, sevişmek de öyle... Her sevişme içinde popo ve memeyi barındırmak zorunda değildir. İnsan bunlar olmadan da sevişebilir, ancak beyin "sevişmek" kelimesini belli nesnelerin arasına sıkıştırır ki bu nesneleri çok iyi biliyoruz. En başında söylediğim gibi; hayat senin için tasarlanmış bir yer değil, senin kendi zevklerine göre tasarlayabileceğin bir yer. Yalnızlık bazen mutlu eder ama süreklilik halini alan bir yalnızlık bıkkınlık verir, çünkü insana kendi elleri sonsuza kadar yetmez. Ve bir cümlenin ne anlattığından çok, senin o cümleyi nerenden anladığın önemlidir. Başka düşünmeli, başka bakmalı, başka yaşamalı... Sevişmek aklına gelen ve aklıma gelenin dışında bir şeydir belki de... Belki de ben her şeyi yanlış biliyorum.

Bazen çok yalnız kalıyorsun, bazen üçer beşer hayatına girmeye çalışanlar oluyor. Bunun bir orta noktası yok işte.

Senden Sonra

Senden sonra desem, aklı gider başka yere...

Bütün cümlelerim kelepçeli aslında ve ben hiç özgür değilim. Bazen yazarken düşünüyorum ve düşünmek istemem ben, çünkü düşünmek yavaşlatır insanı... Lafın ağızdan çıkma hızı ile lafın kâğıda dökülme hızı tabii ki aynı olamaz. Belki de bunun avantajını kullanıyorum. Böyle bunalıyorum bazen ve kimseye anlatamadıklarım elbette var. İnsanız işte ötesi yok. Karşınızdaki de insan ve sizin kadar farklı bakış açılarına sahip değilse, dört duvarı olmayan bir mâhkum oluyorsunuz. Anlasın istiyorsunuz, anlamıyor, belki kapasitesi o kadar, belki şartlandırmış kendini... Evet, durup düşünmeli insan ve durmadan da düşünebilmeli. Beynini kullan diyorlar ya; haksız değiller...

Sevgiliniz olduğunda özgürlüğünüzün
bir parçasını kaybedersiniz.

Mayıs Sineği

Hayat her şeye benzetilebilir. Güzel bir kız olabilir ya da olgun bir kadın. Bazen bir fahişe ve çok fahişe... Bazı kızlar kendine değer verir, bazıları sadece verir. Ve verirken ona buna aslında hiç mutlu değildir. Mayıs sineği var mesela, onlara bir gün sineği de denir, onların eşlerini aldatmak gibi bir lüksü yok, çünkü ilk sevişmelerinde ölürler. Buna sevişmek için ya da neslini devam ettirmek için ölmek denilebilir. Her kızın mayıs sineği gibi bir adama ihtiyacı var. Çok seven ve aldatmak nedir bilmeyen…

Mayıs sineğim olur musun?

Sanırım Sen Beni Seviyorsun

Bizden öncekilerin söyle(ye)mediği sevgileri olmuştur. İnsan bazen susuyor hatta çoğu zaman. İçimize attıklarımız dışımızda kalan insanlara eşit oluyor. Belki susmasan yanında olacak ama susuyorsun çünkü susmanın riski sıfırdır.

İnsan risk almadığında daha yalnız kalıyor. Özellikle erkeklerin böyle sıkıntıları var. Kızlar biraz daha rahat. Hani «ilk adımı erkek atar» felsefesinden gelen bir şey bu. Gerçi bu felsefeyi uyduran kim, onu da bilmiyoruz. Böyle bir felsefeye ihtiyacımız var mı, onu da bilmiyoruz. Yaşantımızda genel olarak bir bilinmezlik hâkim.

Sevgisini içine atarak ölen insanlar var. Muhtemelen sen de onlardan biri olacaksın ya da bu yazının etkisiyle gidip birine;

"Ben aslında seni seviyorum" diyeceksin. Bu cümlenin sonunda o üç harfli şey olabilir. Yani göt olabilirsin. Sevgiye karşılık alamamak göt olmak mıdır? Orası tartışılır.

Kimse kendiliğinden anlamaz. Yani bir kızdan şöyle bir cümle duyamazsınız: "Sanırım sen beni seviyorsun, uzun zamandır öyle hissediyorum. Baktım senin söyleyeceğin yok, ben söyleyeyim dedim." O yüzden risk alarak gidip konuşmanız gerekir bazen. Risk yoksa o da yoktur.

İnsan ne istediğini iyi bilmeli. Ben yalnızlığı seviyorum mesela. Yalnızlık iyidir, bir kere trip atmıyor. Mesaj atıp cevap beklemiyor. Bugün ne yaptın diye sormuyor. Eksileri de var tabii. Kimse yalnızlığa sarılamaz.

Şimdi ben seninle yürüdüğüm yolları başkasıyla yürüyemiyorsam, bu o yolları unuttuğum için değil seni unutamadığım içindir.

Bir Cümle

Bazı insanlar bir cümle okur, sonra o cümleyi unutur. Bazıları o cümleyi hayatına katar. Bazıları hem hayatına katar, hem neden böyle demişler ki diye düşünür. Bazıları bir cümle duyar sadece, okumak nedir bilmez. O cümleyi hayatına katar. Bazıları bir cümle okur ve o cümleyi sağa çeker, sola çeker, gerekirse tersten okur. Sırf o cümlenin uğruna birkaç paragraf yazar. Sonra o adam farklılaşır. Düşünmeyi öğrenir ve hayatına kendi cümlelerini katar.

Herkesin hayatına kattığı en az bir cümlesi olmalı...

Mükemmel

İki mükemmel insan asla birlikte olamaz. Çünkü mükemmel kadın 1. seferde evet demez, mükemmel erkekse 2. şansı vermez.Şimdi Anton Çehov böyle demiş ama gerçekten böyle mi diye oturup düşünüyorum ben mesela... Çehov yanılıyor olamaz mı? Neden mükemmel kadın 1. seferde evet demesin ki? Ya da neden 2. şansı vermeyen erkek mükemmel olarak nitelendirilir ki? Mükemmellik diye bir şey var mıdır? Geçenlerde bir makale okumuştum; orada mükemmeliyetçi insanların, hata yapmaktan en çok korkan insanlar olduğu anlatılıyordu. Yani mükemmel olan insanlar hata yapmaktan korktuğu için mi 2. şansı vermez? Belki de mükemmel kadın hata yapmamak için 1. seferde evet demez. Çehov haklı da olabilir. Çehov haklıysa ben mükemmel bir erkek değilim, hep ikinci şansı verdim. Çoğunuz da mükemmel bir kadın değilsiniz...

Gelecekteki sevgiliye not: Mükemmel misin?

Yakışmaz

Ben hep buradayım.
Olur ya özlersin, hadi özlemedin diyelim..
Bir gece uykun kaçar falan, o da mı olmadı?
Ayağın taşa takılır belki?
Ben aklına gelirsem, sen de bana gel...
Yalnız uyumak yakışmaz sana.

Ve gün gelir sesimi özlersin.
O zaman gurur yapma, sadece ara.

Bir Adam Hâlâ Sevebilir

Bir adamın en boş anı en çok sevdiği andır belki de...
Öylesine severken bir bakar sevmiş.

İnsan her zaman sevdiğini anlamaz ve kaybetmek sevginin en güçlü göstergesidir.

Yerine koymak istemezsin kimseyi, öylece kalsın istersin.

O gün öldüm farz edebilirsin mesela...

Kimsenin onun gibi "Seni seviyorum" diyemeyeceğini bilirsin.

Ve aşkın kusursuzu olmaz, illa hata yaparsın, illa tartışırsın.

Bir kızın triplerine katlanabildiğin kadar seversin aslında ama bunu kendine söylemezsin, olmaz öyle düşünürsen, vazgeçersin.

Bir adam sevdiğinde korkar, kaybetmekten değil, ona zarar geleceğinden korkar.

Gerçekten sevmek budur işte.

İstediği yerde olsun, sadece iyi olsun.

Uzaktan sevmek yetmez diye düşünebilirsin, çoğu zaman yeter.

Onun iyi olmasından daha iyi haber yoktur senin için.

Ve bir adam sevdiğinde de gidebilir.

Sırf sevdiği için, sırf gitmesi gerektiği için, sırf öylesi daha doğru olduğu için...

Gitmenin doğrusu olur ve giderken de sevebilir insan.

O unutur mesela, başka ellerde avutur kendini ve işin kötü yanı ondaki boşluğun dolmuştur.

Bir adam hâlâ sevebilir.

Uzaktan, sesini çıkarmadan, olduğu yerden, olması gerektiği gibi, elinde sadece bir fincan kahve varken bile sevebilir.

Öyle sevmek lazım, adam gibi ve bazen bir ölü gibi...

Nasıl Olsa Unuturum

Nasıl olsa unuturum diyerek bitirmemeli insan severken... Öyle vazgeçmek kolay görünür dilden düşünce kelimeler ve zaman akıp giderken unutamadıkça canın yanar. Yanmak senin işindir artık, zaman sana " nasıl olsa unuturum" demenin bedelini ödetir. Ödersin ödersin bitmez.

Elbette unutamadıkların olacak.

Elmacık Kemiği

Mutluluk zamana bırakılacak bir şey değil. Nasıl olsa mutlu olurum demeye gerek yok. Mutluluk hak edilir demiyorum ama uğrunda feda edebileceğin şeyler yoksa mutlu olamıyorsun. Zaman o kadar dost değil. En azından bizim için çalışmadığına eminim. O yüzden gel ve beni mutlu et diyemiyorum ama bana karış ve mutlu olalım. Seni yaşadıktan sonra ölmek istiyorum.

Sen kimsin onu da bilmiyorum...

Bu arada hiç romantik bir adam değilim. Olamazdım zaten. Romantizm bize yanlış anlatıldı. Aklıma ilk gelen şey sönmüş ışıklar, masada yanan mumlardı. Öyle öğretmişlerdi bize filmlerde... Ben başka şeyleri sevdim. Elmacık kemiğinden öpmeyi mesela... Serçe parmağını tutmayı ama halay çekmeyelim. Sadece serçe parmağından tuttuğumda bile bana ait olduğunu hisset yeter. Ve bir gün beni çağırdığında "Şuna mama yapsana" de. Çocuğumuz olsun yani. Anlatabildim mi? Söylemiştim romantik değilim diye. Soyadımın bebeği, öpüyorum çok... Biliyorsun nerden olduğunu...

Elmacık kemiklerini öptüğümde tuz tadı gelsin istemiyorum.
Bu seni nasıl sevdiğimi anlatan en havalı cümle olsun.

Yeşil Erik

Sonra fakirdik biz, önü patlak spor ayakkabılarımız vardı. Ayak parmaklarımızla vururduk topa ama bir yandan da ayakkabımız var diye sevinirdik. Mutluyduk öyle, ekmeğin arasında salça, top peşinde koşardık. Her yerimiz kir içinde, güneş akardı terimizden. Koşarken ekmeğini düşüren salaklar vardı. Onlar yeteneksiz topçulardı. Terlikle oynayan bir abi vardı, onun da terliği yırtıktı. Bir gün komşunun damına çıktık erik almaya, elimde ekmek var, içinde patates kızartması, daha yeni almışım evden. Camdan beyaz atletli bir pezevengin "İnin lan damın üzerinden." diye bağırmasıyla korkudan düşmesin mi ekmek elimden... İşte o ekmeğe çok üzüldüm ben, eşek herif sanki damını yedik. O gün erik de çalamadık, ortada kaldık, ekmek de düştü yere... O korkuyla bir daha kimsenin damına çıkmadım. Pazardan alıyoruz eriği, zenginiz şimdi. Çok erik var yani bizim evde. Öyle öyle...

Mutluluk ölçülebilir bir şey değil.

Kusura Bakmam

Görmediğimizi farz et...
Birbirimizi hiç görmediğimizi,
Renkleri bilmiyoruz,
İnsanlar düştüğünde gülemiyoruz.
Sakarlıklarımıza acınarak bakılıyor.
Görmüyoruz dedim ya, görmeden seviyoruz.
O güzel dudaklara, güzel bakışlara ihtiyacımız yok.
Biz sadece seviyoruz.
Bazen insanlar gördüğü için sevmekten vazgeçiyor.
Biz hiç vazgeçemeyiz işte, görmüyoruz.
Seni hiç görmedim, sen de beni...
Yine de seviyorum bir kör gibi.
Herkes sevemez böyle, bu şans bizim...
Hatalarını görmezden geliyorum,
İstesem de göremem zaten,
Gitmene tahammülüm yok,
Kusura bile bakamıyorum.
Ben sende kör oldum.

Oyalana oyalana sev beni, acelem yok.

Arayış

Hayalin bir kızın göğsüne dokunmaktan ibaret olabilir ama unutma ki o göğsün altında bir kalp var.

Çoğu zaman duygularımızın esiri olma yolunda sağlam adımlarla ilerleriz. Erkekler ilk gördükleri şeyden etkilenirler. Basit adamlarız bizler, düşünmeye zorlanmadığımızda bir hiçiz ve hepimizi var eden, yeniden yaratan, ekmek gibi, su gibi besleyen kadınlar var. Onlar olmadan hiçiz. Varlığımız çok da çekilir değil...

En güzeli, en akıllısı, en terbiyelisi, en vefalısı, en, en, en... Bir kadının enini bulmaktan çok tenini bulmayı deneriz bizler, dedim ya çoğumuz basit düşünürüz. Zihniyetimiz çoğu zaman "Bakkal amca iki ekmek, bir süt, bir de paranın üstü" diyen çocuğun düşüncesinden öteye geçmez. Evet, o çocuk nasıl paranın üstünü almaya odaklanıyorsa, bizler de bir şeyler almaya odaklanıyoruz hayattan ve en nihayetinde kadınlardan...

Çoğumuz ne alacağımızı bilmeyiz ve belki de sadece bu nedenden hiçbirine yetmeyiz. Ne aşkı alabiliriz, ne sevgiyi. Gözü dışarıda olan bir adamın kalbi nasıl saklanır ki bir kadının avuçlarına... Edepsiz adamlarız bizler, bazen aldatan, bazen aldanan, kaçan ya da kovalayan. Hepimizin bir limanı var, hem demir atmak istediğimiz hem demir almak...

Kendine dönmeyi bilen adamlarız, sonunda hep yalnız kalan, harabeliğin önünü alamayan. Ve sonunda aklı başına gelen ama görmezden gelinen. Çoğumuz değer bilmeyen adamlarız, rayına oturmayan trenler gibi duygularımız var. Erkek yapar lafının altına sığınan üç kuruşluk bedenlerimiz var. Hoşça kal lafına alışkınız, birinden kovulurken başkasına yanaşmaya yüzümüz yok demek isterdim ama yok değil, çok...

Herkes hak ettiğini mi alır bilmiyorum ve bundan hiçbir zaman emin olamadım. Yalnızlık bazılarının hakkıdır elbette, belki de yüz kere yalnız kalmayı hak edenler var.

Gördüklerin seni yanıltıyor,
hiçbir göğüs kalbin üzerinde duramaz.

Kaçışın Yok

Soğuk geceler insanı kendine düşman eder, sesini duyamazsın, özlersin, sadece özlemektir yaptığın ve özlemek aslında öğrenilen bir şeydir. Bazıları çok iyi özler, sen belki onlar kadar iyi olamazsın. Özlediğin şeye kavuşma ihtimalin biraz sana biraz hayata bağlıdır aslında. Hayatın senden aldığı bir şeye, dünyanın en iyi özleyen insanı olsan da kavuşamazsın ama senin kaybettiğin bir şeyse bu özlemek çare olabilir. İnsanlar bazen birbirlerini öldürürler ve "benim için öldün" dese bile giderken, ölüler de özler, o bilmez. Özlerken bir kere daha ölür hem de ve sevmek bir kere ölünce geçmiyor... Her gün ölsen de geçmiyor... Özlüyorsun işte, kaçışın yok.

Ve bir gün bitecekse, o gün neden ertelensin ki?

Benle Olmaz

Ben seni arkadaş olarak görüyorum demek kolay...
O istediğin benle olmaz, bensiz olabilir ama benle olmaz.

Ben, beni anlamazken, sen beni anlarsan, ben neden yaşadığımı düşünürüm.

Klavyenin bir tuşu basmaz bazen, bozulur işte bildiğin, zor basar, neden bozulduğunu anlamazsın, çünkü bütün tuşlar aynı yaşta ama bozulan o.

Bunu düşünmek anlamsız olabilir ki zaten anlamsızdır. Bozulmuştur işte, neden aramaya gerek yok, bırak anlama... İşte o yüzden benle olmaz, "bensiz olmaz" demek çok havalı ama bensiz olur, benle olmaz. İşte sırf bu yüzden olmaz. Ben inanmışken benle olmayacağına, benle olmaz. Şimdi o klavyeyi atma çöpe ama o tuş çalışır ümidiyle de yaşama, çünkü her beklenti sonunda kalp kırar. Ve bir gün yolda giderken bozuk bir para görürsen onu al eline ve basıldığı yıla bak, o yılın son rakamı tek ise benle olmaz, çift ise yine benle olmaz. Artık anlamışsındır.

İçinden çıkamadığın bir şey varsa içinde kal, çıkma!
Dünyayı sen mi kurtaracaksın?

Önyargı

Ve insanlar senin hakkında her şeyi düşünebilir, bu işin özü de şudur; aslında seni çözemezler, sadece düşünceleri vardır. Bazılarına göre yavşağın tekisindir, bazılarına göre adamın dibisindir. Bazı kızlar için mükemmel bir adam profili çizerken, bazı kızlar için karı meraklısı bir tip olmaktan öteye gidemezsin. Hayat işte, ne ile karşılaşacağını ve hakkında kurulacak cümleleri kestiremezsin. Su herkes için su en önemli içecek ama seçenekler çoğaldığında su çok tercih edilen bir içecek olmaktan çıkar. İnsanlar da böyle, ben de böyleyim, hem suyu olmalı insan birinin, hem çayı, hem kahvesi. Karşındaki insan seni ne olarak görüyor, en önemlisi o tabii. Ha bir de bazı kızlar var, sen istersen musluk suyu ol, senden çay da yapar kahve de... O kız senin her şeyin olabilir işte... Seni içer içer doymaz, çözemez, çözmek ister, tekrar içer...

Önyargı hayattaki her şeyin önüne geçebilecek kadar güçlü bir saçmalık.

İyi İnsan

Doğruları söylediğinizde etrafınızda kimse kalmaz. O yüzden gerçekten "iyi insan" diye tabir edilen kişiler hep yalnızdır.

Birliktelikler içinde yavşaklığı barındırır ve insanlar bu duruma ister istemez katlanır.

Kendinden vermek böyle bir şey, sen ona iyisin, o sana iyi.

Aslında eksiğiniz çok ve her gün bir kez daha kandırıyorsunuz birbirinizi, dışarıdan bakınca çok iyi bir çiftsiniz, yalancılık böyle bir şey.

Sahte gülüşler var muhabbetlerin arasına karışan, yapmacıksın bazen.

Ve ben doğrucuyum, bedeli yalnızlık olsa da...

Arkamda edilecek küfür kalsın istemem, doğruyu söylerim ve yalnızlığımla bölüşürüm bütün küfürleri... Her şeyi karşına almak böyle bir şey.

Açık sözlü olduğunuzda kaybettiğiniz her şey, aslında kazandığınız bir değerdir ve çoğu insan değersizliği seçtiğinden açık sözlü olamaz.

İz

Güneşin battığı yerdeyim,
Giderayak bıraktığın pembe bir ruj izi var yanağımda,
Yağmur siliyor hafiften varlığını,
Ve unuttum derken yalan söylüyorum.
Rehberden numara silmek iş değil biliyorum,
Aklım sende kalır, dudaklarında, rujunda,
Gitmek olur iş değil, sevmek benim gibi unutulmuş.
Falımızda ayrılığın izi yoktu, yanağımda rujunun...
Ama hayat işte, boş veriyorum.

Bazı insanların bir ilişkiyi başlamadan
bitirmek gibi yetenekleri var.

Detone Bir Şarkı

Kendine ait cümlelerin olmalı, bazıları hazır puding kıvamında, bazıları yokuş çıkarken alnında oluşan ter damlası kadar ıslak ve sıcak, belki biraz tuzlu. Herkes içinde bir şeyler yaşatır, ölmek bile öldürmez o yaşatılanı. Bir fotoğrafın yabancı misafiri olarak kalırsın, hiç bilmediğin ellerde gezerken... Belki de "kim bu ya" cümlelerinde anılırsın. "Hayat işte, aldırış etme ve yaşamana bak" demiyorum, çünkü insan bakmasa da yaşar. Hani seviyorsun ya bazen, o uyduruk sevmelerden bahsetmiyorum, içinde sevişmek yok bunun, "bu gece bende kalsana" temalı cümleler yok. "Üşüyorum ısıt beni" diyen bir kız yok. Sarılmak var biraz, detone söylenmiş bir Fransız şarkısı, soğumuş bir kahve... Öyle ne yaptığını bilmeden sevmek, yanında sırf o var diye mutlu olmak, sonra çok sevdiğin bir şarkının sonuna yaklaşması ve senin o şarkıyı başa alman, baştan sevmen. Bazıları başka sever ve sen hep onun cümlelerinde yaşarsın, yaşlanırsın, haberin olmaz.

Hangi şarkının çaldığı önemli değil, senden bana gelsin yeter.

Karmaşa

Çoğu zaman geçmişinden öyle kolay kurtulamıyorsun. Hayatına girenleri, hayatından çıkarman mümkün olmayabiliyor. Düzene girmek istiyorsun, bir bakıma sisteme dahil olmak gibi bir şey bu. Her sistem düzenli olmaya mecbur bırakıyor. Sonra sistem adamı olmadığını fark ediyorsun. Kendinle kavga etmelisin yön değiştirmek için ama cesaretin yok buna.

İnsan vazgeçmeyi öğreniyor bu zamanlarda. Geçmişinde neyse o olmaya devam ediyor, çünkü alışmış ruhu bir kere ve bedeni yöneten beyinden önce ruh. Sonra neden yaşadığını düşünüyorsun, bulamıyorsun. Herkes gibi olsan da ölüyorsun, olmasan da... Peki neyin mücadelesini veriyorum diye soruyor insan kendine. Ben ya da bir başkası, her seferinde ruha teslim bedenler.

Zaman zaman dünyanın ''En iyi kim ölecek '' adlı bir yarışmadan ibaret olduğunu düşünüyorum. En iyi kim ölecek, dünyayı en iyi yaşayan kim? Bazıları yaşamayı çok seviyor. Ben yaşamayı o kadar çok sevmiyorum. Mecburiyetten yaşıyorum. Zoraki öleceğim. Bu dünyanın en iyi öleni ben olmayacağım.

Her şeyi bir kenara bırakıp sorası geliyor insanın...

Biz ne yapıyoruz kendimize?

El âlem ne der diye düşündüğün sürece, aldığın kararlara asla kendi kararım diyemezsin.

Alışkanlıktır 'O'

Hayat böyle devam edecek, birisi için eski olan, bir diğeri için yeni olacak. Bazıları hiç öpülmemiş dudakların peşinden koşarken, bazıları sevişmek nedir bilmeyen insanlar isteyecek. Bazı kızlar kendilerini çok ucuza sokaklara dökecek. 5-10 liralık taytlar sayesinde binlerce öküzün hayalinde nefes alacaklar. Bazen insanlar bizi yanlış anlayacak. Düşüncelerimizden dolayı kimine bağnaz bir adam gibi, kimine Batılı bir adam gibi görüneceğiz. Hayallerin özeti olmaz ve kim ne derse desin, hiçbir aşk ömür boyu sürmez, alışkanlıktır o. Şort giyen kızların bacaklarına yaşlı teyzeler daha çok bakacak. Hatta "bizim zamanımızda böyle değildi" bakışı atacaklar. Hepsi bir yana, kızların bacaklarından önce yüzlerine bakın, zaten sonra çoğunun bacaklarına bakmazsınız. Bol su içmekten ve aklına geleni söylemekten yanayım… Kimin ne düşündüğü hem önemli, hem önemli değil. Zaten bu kadar kötünün içinde sıranın bize gelmesi epey zaman alır.

Kötü olan ne biliyor musun?
O gittikten sonra her şeyin daha güzel olması.

İyi Âşık Olmalar

Farklıyım, farklısın, farklı. O yüzden birbirimizi anlamıyoruz. Bazıları yanakların birbirine değmesini öpüşmek sanıyor. Bazıları yanağından öper, hissedersin. Sonrası hep bir elmalı soda sıradanlığı, sanki yıllardır öptüğün bir yanak, sanki defalarca dinlediğin bir şarkı, sanki hep o vardı, sanki eski bir sevgiliyi tekrar tekrar unutmak. Öylesine bir şey değil bu. Bazen siyah ojeli elleri seversin, bazen bir ömür tutacağın eli bir anda bırakırsın. Aslında dokunmak kalbine kamyon çarpması gibi bir şey. Aşkın tarifinin içine bir kamyonun karışması çok ilginç değil mi? Sıradan olsaydı yaşamak bu kadar keyif vermezdi zaten. İyi âşık olmalar.

İlla bir organınla geleceksen, kalbinle gel bebeğim.

Fazla Onurluyuz

Doğru biriysen, suçlanma ihtimalin artıyor. Yanlışlar birbirini sever ve en güzel aşkları belki de hiç hak etmeyenler yaşar. Onlar insanları her halleriyle kabul edenlerdir. Öncelerini merak etmeyenler. Basitleşenler... Kalıpsız adamlar ile gülüşü kirli hatunlar... Biz onlardan olamayız. Yalnızlığın bir onuru var, tıpkı bizim gibi.

Çok onurluyuz çok...

Bana Bir Ulaşır mısın?

Gidecek bir yerin yok aslında. Ne garip değil mi? Birini seviyorsun ve bazen bütün hayatını altüst ediyor. İnsan hayatını birine bağlayarak ne kadar doğru ya da ne kadar acısız yaşayabilir ki? Evet, onun yerine hiçbir şey koyamadığın zamanlar olur ki olmalı da zaten. Düşündüğünde daha çok acı çekersin. İnsanların hayatta korkuları vardır. Biri ölmekten, biri kaybetmekten, biri sevmekten korkar. Ben en çok bir kızın bana alışmasından korkarım, çünkü karşılıksız alışkanlık çok acı verir. Acı paylaşılmaz diye düşünme, acı paylaşılır ama paylaştıkça çoğalır. Her şeyden kötüsü; senin ulaşmak istediğin insan, başka birine çoktan ulaşmıştır. Bizim de ulaşılmaz olduğumuz durumlar olur; hani telefon çekmez işte, şarj biter falan... Fazlası değil.

Deniz kenarında içilen gazoz kadar güzelsin.
Daha ne isterim ki?

Utanır İnsan

Çünkü bazen birbirinizin yüzüne bakamazsınız. Ayrılık içinde nefreti de barındırır ve ben nefret etmeyi bilmem ama nefret edildiğiniz olur ve bunu hissedersiniz. Ne kadar iyi biri olursan o kadar çabuk yalnız kalırsın. O sizin omzunuzdan başka saklanacak yer bulamaz ama size kendi eliniz yeter. Ben sende üşüyorum, sen istediğin yerde ısınabilirsin, eğer gerçekten suçluysan, omzumu gözlerinle ıslatabilirsin.

Özlediğim kadarıyla anladım seni.

Artık Ne Anlarsan

Bazı insanlar anlamak istese de anlamaz sizi, bazıları anlamak istemez, bazıları anlamak ister ama anlayamaz. İnsanlar çoğu zaman sizi anlamak için onlara açıklama yapmanızı isterler. Mesela ben açıklama yapmayı sevmem ve insanlar açıklama yapmadan yaşamalı diye düşünürüm. Bu her yiğidin bir yoğurt yiyişinin olması gibi bir şey. Ben bir şeyler yazarım. Sen bir şeyler anlarsın, başkası başka şeyler anlar. Bazıları bu adam ne diyor der. Bazıları defalarca okur, her seferinde başka anlamlar çıkarır. Anlamak senin elinde olan bir şey ve hani derler ya "Kişi kendinden bilir işi" diye... Sen işine geleni anlarsın ama ben yazarken senin nerene gelir diye düşünmem.

Bütün anlamların ona çıktığı zamanlar da olur.

Notalarda Buluşalım

Bakma ayrılık iyi gelir bazen, bir şeyin acısı, verdiği mutluluktan daha güzel olabilir. Sırf yaşaman gerektiği için yaşarsın ve ben ayrılığı severim senin kadar olmasa da... Düşüncelerin çoğalır, daha yaratıcı olursun, daha çok özlersin en basitinden... Yanında yok işte, bundan daha özlenilesi ne olabilir ki? Ellerini özlersin mesela, hani şu terleyince bile bırakmadığın ellerini... Artık tutamıyorsun diyelim, ellerinin yerine hayaller tutuyorsun, onu koyabilecek bir yerin belki hâlâ var ama görmezden geliyorsun. Boş vermek lazım bazen ve canın çıkana kadar üzülmek, özlemek... Senden daha iyi özleyemesin kimse, ha gayret bebeğim. Notalarda buluşalım, hangi şarkı fark etmez.

Şarkılarda unuttuğumuz insanlar var.

Rahat

Bazen âşık olursun ve aşk genelde mutlu eder. Belki geçici bir aptallık, belki de kalıcı... Ondan başkası olmasın istersin ve ondan başkası olmaz. O seni anlamaz bazen ama âşıksındır. Âşık olmak bir bakıma insanın kendi değerini düşürmesi gibi bir şey. Ruh rahatlarken, beyin kendini beklemeye alıyor ve işin aslı bizim ruhumuza bu kadar rahatlık iyi gelmiyor.

Bazen telefonun çalar, arayan o değildir.

Hoşuna Gidebilir miyim?

İnsanlar değişebilir ama değişmek istemezler. Değişmek bir bakıma eski halinin kötü olduğunu gösterir. İnsanlar daha iyi olmak için değişir ya da daha iyiyi bulmak için. Herkes sevmez değişmeyi, hatta çoğumuz sevmeyiz. Değişmek beraberinde sorular da getirir. Soru bile değil ama soru havası var işte. Mesela,"Sen böyle değildin, çok değiştin," derler. Aramızda sırf bu soru yüzünden değişmeyenler var. Öylece hayata hep aynı tutunanlar var. Değişmek kolay değildir, çünkü her değişim alışkanlıklara karşı açılan bir savaştır ve o savaşı kazanmak kolay değildir. Bazen hiç değişmezsiniz ama insanlar değiştiğinizi düşünür. Belki de çevrenizdekiler değişmiştir ya da şöyle bir şey varsa çok kötü, insan farkında olmadan değişir mi? Değiştiğini bilmeyen bir insan, kendi hayatına ne kadar sahip olabilir ki? Bugün değişmemek için güzel bir gün. Bugün yeniden âşık olmak lazım. Her aşk bir değişim midir diye sormak lazım. Aslında aşkı unutalım, âşık olmayalım, sadece hoşlanalım birbirimizden. Aşk değiştirir bizi. Sadece hoşuna gideyim, zamanla o da değişir. Hoşuna değil, boşuna giderim.

Ben aynı ben ama eksildim biraz, kısacası senin dönecek yüzün olsa bile benim seni koyacak bir yerim yok.

Sadece Bak Ona

Nereden bakarsan bak eksiksin, geç kalmalar, az sevmeler, doyumsuzluklar... Çok fazla şeyi, çok kısa sürede paylaşmalar, sonrası hep bir arayış. Aceleye gerek yok, sarılırsın nasıl olsa, yanındayken özlemeyi dene, öpmek için çok erken yanağına dokunsan yeter hatta sadece bak ona...

Kimse senin gibi sevemesin onu. O değerini geç olsa da anlar ve sen giderken adam olarak gidersin bir hayattan. Herkes adam olamaz. Dünya onun ayaklarının altında olsun, sen, seni bir daha göremeyeceği bir yere saklan.

Gitmek her şeyin içine karışır ve illa ki gidersin. Arkanda bıraktığın cümlelerdir önemli olan yoksa herkes gider.

Kimse senin gibi sevemesin onu...

Pazar Mutsuzluğu

Pazar mutsuzluğu diye bir şey var. Hani ne yaparsan yap mutlu olamazsın, olmaz. Her pazartesi bir başlangıçtır ve hayat maalesef pazartesilerden oluşur. İnsanlara kendi olma fırsatını vermez bazı günler. Kendi istediğini yapamazsın. En basitinden erken uyuman gerekir, uyuyamazsın. Bir insan sabahları istediği kadar uyuyabilmeli ve yollar ömründen çalabildiği kadar az çalmalı. Herkesin hayattan bıktığı zamanlar olmuştur. Genelde hayatın dediği olur, sen lafta kalırsın, hayatın verdiğini alırsın.

Sana sen olma fırsatını hiç kimse vermez.

Yalnızlık ve Kokoreç

Yürüdüğünde çok düşünüyorsan yalnız olabilirsin. Düşünmüyorsan düşünecek bir şeyler yoktur belki... Etrafında gördüğün çiftlerde kendini arıyorsan ama kendini öyle bir durumda bulduğunda yalnızlığı özlüyorsan, tek başına bütün kızların senin olması gibi bir şey bu ve hiç bir adam tam anlamıyla bir kıza ait olamaz. Ben olamam.

Bazen zaman duruyor, susuyorsun. Caddede kokoreç yiyen bir çift gördüm. Benim hiçbir sevgilim benle kokoreç yemedi. Yanlarında iken bana kokoreç bile yedirmediler. O çift mutluydu mesela. Kız güzel değildi, çocuk da ehh tarzında bir şey. Zaten ben hem güzel, hem kokoreç seven bir kız görmedim. Demek ki; benim bütün eski sevgililerim güzeldi. Sonuçta hiçbiri kokoreç yemiyordu.

Yürüdüm birbirine sarılan bir çift çıktı karşıma; "Allah belanızı vermesin ya, sırayla mı çıkıyorsunuz olum karşıma" dedim içimden. Sonra kız yürürken bir anda yan dönerek çocuğun yanağından öptü, sarıldı. [Evet bunlar bana hayatın "N'aber lan, hâlâ yalnızlığını seviyor musun?" deme şekliydi.]

Umurumda olmadığını biliyorsun hayat. Bu arada yalnızlık sanırım meslek gibi bir şey...

Birkaç kız yazdı whatsapp'dan umursamadım. Yürümek ve adımların sesini dinlemek daha çekiciydi.

Özetle Allah benim belamı vermesin çünkü yalnızlık bana çok yakışıyor. Üzerime cuk oturuyor. Ne esneme payı var, ne de dar.

Bu yazıdan ne kalır:

Kokoreç yiyen bir sevgiliniz olmayabilir.

Sizi yolun ortasında yanağınızdan öpen biri de olmayabilir.

İnsan yalnız kaldığı kadar büyür.

Eski sevgilim bildiğin problem makinesiydi. Onu yapma, bunu yapma, şu yazıyı niye yazdın, bu yazıyı kime yazdın. O yazı niye öyle. Bazı adamlar birini hiç hak etmiyor. İlk sırada ben varım. Hadi eyvallah…

Bazen hayat, hâlâ yalnızlığı seviyor musun? diye sorar

Bir Döner misin?

Olamadık iyiymiş gibi yapan kötülerden. Gitme diyemedik çok sevdiğimizde, zaten giderken gidiyor, gitme demek yeni bir hayal kırıklığından başka bir şey değil. Döner mi dönmez mi? Bir daha hiç gelmez mi? Eninde sonunda çalsa bile kapını, bu örter mi onun ayıbını? Gidiyor musun? Gitme. Git dersem incinip gidersin. "Gitme." Bilirim giderken bile sevilmek ister insan...

Sonra seni görmek istemiyorum. Özellikle topuklu ayakkabı tıkırtısı duymak istemiyorum. Sonra söyle ara sıra beni sevdiğini ama beni arama. Seni gördüğüm zaman, bakma yüzüme...

Biraz anlamsız bazı şeyler, anlık işte zamanlık değil. Geçen gün rüyamda üzüm gördüm, sen çok seversin geri zekalı. Başka yerlere taşındık. Odanın ışığını kaçta kapatırsın bilmiyorum. Senden önce uyuyorum artık, yatak nasıl rahat, nasıl rahat... Yastık bildiğin kaldırım taşı, sen her yerimden tutarken, uyku neremden tutsun ki...

Sadece düşün, ayrılırsan, gidersen ne olur bir düşün ama dönme. En korktuğum şey yokluğuna alışmaktı ya; o da oldu. Şimdi böyle mi bitermiş diye soruyorum. Bitmez denilen şeyler ve tam olarak bittiğini hissettiğin anlar...

Ve nasıl olsun bir başkası senin gibi...

Bir döner misin?

En azından ben olmadan yürü aynı yolları...

Dön istersen dolmadı yerin, elim hâlâ senin.

-Öptüm -Ben de

Neyin peşinden koşuyoruz, neler için kimlerden vazgeçiyoruz, ne kadar samimiyiz sevdiğimiz insanlara karşı?.. "Seni seviyorum" diyene "Ben de" demek ya da "ben deeeee" demek yani fazladan 4 tane "e" harfi koyduğumuzda daha mı cana yakınız? Her şeyi bir yana bırakanlar var, ben onlardan olamıyorum. "Öptüm" değil de "Öptümmmmm" dediğinde daha çok seviyorum seni. Bu yanaklarımın titremesi gibi bir şey. İnsan her zaman kalbinde deprem hissedemez ve hissettiğimiz her heyecan aşktan değildir. Zar zor sahip olduğumuz ya da olamadığımız bir nefsimiz var. Aşk başka bir şey, o kimseye benzemiyor, böyle uyurken tam düşecek gibi olur ve uyanırız ya, işte ona aşk diyebiliriz. Aşk terlemek ve bir anda kurumaktır. Bazı kızlar aldatılmaktan şikâyetçi ve çoğu henüz hiç aldatılmadı. Şikâyet ettiklerimiz yaşadıklarımızdan çok başımıza gelmesinden korktuğumuz şeyler. Etrafınızda sizden daha mutlu insanlar varsa sizin mutluluğunuz hiçbir anlam ifade etmez ve dışarıdan bakınca diğerleri sizden daha mutludur. Oysa sinemaya gidecek parası olmayan çocuk öyle mi? Beyaz perdeyi sadece evinde gören, televizyonu perdenin arkasından izleyen ve sinema tadı almaya çalışan. Olamaz demiyorum, işin içinde hayal varsa ve gerçekleştirecek imkân yoksa bunu da yapan bulunur. Çok mu şanslıyız neyiz? En azından sinema diye bir şey olduğundan haberimiz var.

"Çok çapkınım ya" diye övünen adam çok net bir gerizekalıdır.

Bazen Üşürsün

İçinde "bırakmak" geçen bir cümlede yolumuz kesişmesin mesela... Aslında sevdiğin neredeyse o uzaklığı düşünüyorsun. Bazen başka şehirden birini seversin. Bazen başka bir ülkeden. İşin içine pasaport, vize vs. girince işler iyice zorlaşır. Ki başka şehirde birini sevmek bile zordur çoğu zaman. Ağladığında yanına gelmesini istersin, o gelene kadar gözyaşların kurur. Anlatmak istersin, telefonun ucunda dinler ama anlamaz. Gözüne bakamadığın bir insan sana ne kadar yakın olabilir ki... Boş laflar var, herkes bilir zaten: "Önemli olan kalplerin bir olması" En sevmediğim cümledir bu. Kalplerin bir olması ne sana ne bana ne ona yeter. En basitinden onunla aynı anda aynı şarkıyı dinle, yanında değilse kalbinde olsan neye yarar. Ne kadar hissedebilir ki? Avuçlarına sıkıştıramadığın ellerin üşümez mi? Üşür bence, bazen üşürsün zaten, mevsimlerle ilgisi yok.

Üşürsen kendine sarıl, ısınamazsan beni ara.

Dokunmak

Dokunmak diye bir şey var, hissetmek var ve senin olmayan birini kıskanmak var. Senin olmayan ve olamayacak bir şeyi kıskanmak. Bir kıza uzaktan uzaktan yazmak, cevap gelir diye beklemek var. Böyle bazen kalbin çok başka atar. Tıpta bunun bir adı olsa; "kalbin ayaktan başa sıçraması" olabilirdi. Senin olmayan birini sevmek güzel şey çünkü hem senin olabilmesi diye bir şey var, hem de her cümlesinde kendini aramaların var. Sesini bile duymadan seversin bazen çünkü seversin bazen ve yine bazen kalbinin nerende attığını anlamazsın. Öyle seversin işte bazen, hiç senin olmayacak birini hep kıskanarak...

Sonra dedim ki, "Bana kahvem yeter, gidebilirsin bebeğim".

Sevmekten İnanıyorsun

Ve gitmem demişti. Saflıktan değil sevmekten inanıyorsun ve gideceğini bile bile seviyorsun. Eski sevgilinin doğum gününü unutmak diye bir şey var. Onun artık başkalarını özlemesi diye bir şey var. Onsuz kalmak, çok sevdiğin bir filmin bitmesi ve tv de bir şey bulamamak gibi bir şey. Ararsın boşuna, onsuzluk gitmez hoşuna... Susarsın, onun sevdiği şeyler gelir aklına, karşına oturup yüzünün her yerini ayrı ayrı incelemesi, dokunmadan sevişini özlersin. Sonra kapatırsın televizyonu, dedim ya aramanın anlamı yok. Bir daha öyle sevemezsin, o yüzden "Bulduğunda kaybetme" derler. Sen kaybetmezsin ama o gider. Birliktelik tek kişinin elinde olan bir şey değil zaten. Ben seni bizim olmayan bir şarkının nakaratında, sabaha karşı 5 gibi sevdim. Belki de sabahın köründe... İşte kimse seni o saatte ben gibi sevemez.

Hoşça kal sevgili yârim.

İlişki tek kişinin sevgisiyle ayakta durabilecek bir şey değil.

Yalnızlık İyi Hoş

Bomboş bir insan olmak istiyorum bazen. Sabahtan akşama kadar deniz kenarında oturayım mesela, kışları bir dağ evinde kalayım. Sonbaharda dökülen yaprakları sayarım falan. İlkbahar gelir, yeşil erik yerim. İstanbul'un havasını sevmiyorum, zehirliyor resmen. Hiçbir büyük şehri sevmiyorum. Alıp başını gitmek isteyen 7 milyar insandan biriyim. Yanımızda çok seveceğimiz biri olsun ve gidelim. Yalnızlık iyi hoş güzel ama insan sarılmak ister bazen...

Yalnızlık sanırım meslek gibi bir şey...

Kızlar Okumasın

Bu yazıyı kızlar okumasın. Güzel kızları kendinize âşık edin ve sonra umursamayın. Evet, bir kızı kendinize âşık etmeniz zor ve aslında âşık etmek diye bir şey yok. Aşk gelişine yaşanan bir şey, siz güzel kızları etkileyin ve sonra umursamayın ama şöyle bir şey yapmayın: ''Ulan hazır kız etkilenmiş, ben böylesini 3 yılda bir daha anca etkilerim, hazır kız etkilenmişken bir sevişek.'' Bu nadide cümle beyninin arasındaki boşluklarda dolaşırken zaten o kızı umursamamak gibi bir lüksün olamaz. Şimdi başa dönelim. Hedef etkilemek, amaç umursamamak. Sevişmeyi aklımızdan komple çıkarıyoruz. Evet belki o kadar güzel bir kızı bir daha ömrün boyunca etkileyemeyeceksin ancak etkileyebilirsin de, sonuçta bir kere etkiledin, bir daha neden olmasın. İçinde bir korku oluşur; ''Ya etkileyemezsem.'' İçinde oluşan ikinci şey ''Bence ben bu kıza sevişek temalı cümleler kurayım''. Zaten bir erkek seks benim için ikinci planda geliyor diyorsa; o erkeğin birinci planı yoktur. Hepimiz orjinal götleriz. Bir kız gelip bana ''Götün tekisin'' dese hiç umursamam, ona sadece ''Seninkine benziyor muyum?'' diye sorarım ve büyük ihtimalle gülmez çünkü bir kız size götün tekisin diyorsa muhtemelen götün tekisinizdir. Nerede kalmıştık, güzel kızlar... evet, onları âşık ediyoruz, bazıları âşık edeyim derken âşık olacak ve o kızların peşindeki umursanmayan adamlar olarak kalacak. Evet, bu arada ben sana sevişme demiyorum ama sevişme yani. Şimdi bu yazıyı umursa mesela çünkü sen de ya götün tekisin ya da hayatında en az bir kere bir kız tarafından götün teki olarak anılacaksın. Hadi eyvallah.

*Birine "G*tün tekisin" diyorsam, oradaki "yıldız" sansür değil, o kişinin yıldızlı bir göt olduğunun belirtisidir. Yıldızlı pekiyi gibi.*

İki Bilet

İnsan içindeki boşlukları yazar, kimsenin dolduramadığı, belki de hiçbir zaman dolduramayacağı... Eksildikçe daha çok yazarsın ve her giden bir kitap bırakır boşluğuna. Ağırlaşırsın, kalınlaşırsın ve cephe alırsın artık çünkü ne kadar çok insan geçerse hayatından o kadar zor güvenirsin. Güvenemedikçe sen hep, sen olarak kalırsın. Biz olmak bir hayal olur, katamazsın ki kimseyi hayatına. İlk insanda doğruyu bulacak kadar şanslı değiliz ama doğru insanı bulmak için yüzlerce hayattan geçecek kadar da aptal olmamalıyız. Ve bir gün karşına iki biletle çıkarsam nereye diye sorma.

Eğer hayatıma çok seveceğim biri girecekse,
daha neyi bekliyor?

İlişki Senin, Hata Senin

Hayatta bazı şeyleri bir arada yürütmek mümkün değil. Çok kusursuz bir ilişkinizin olması için sadece o ilişkiyle ilgilenmeniz gerekiyor. İlişkiden bahsediyorum, hayatınızdaki insandan değil. Hayatınızdaki insan ne olursa olsun 2. bir tekil şahıstır çünkü her kavgada ona SEN böyle yaptın ama deriz. Hata kesinlikle ondadır çünkü biz mükemmeliz ve o biz olmadan yapamaz. İlişkinin boktan gittiği döneme hoş geldiniz. Bazen insanlar kendilerini bulunmaz hint kumaşı sanırlar, bazıları çoğu zaman öyle sanar. Her zaman sananları boş ver... İlişkiyi bitiren şeylerden biri de budur zaten. Bu hayatta siz olmadan yaşayabilir birileri. Dünyanın en anlayışlı insanı olsanız da, daha az anlayışlı bir insan bulup yeni bir ilişkiye yelken açmaları mümkün. Bir hayatta en güzel şey ilişkinin içinden hâlâ sevilerek çıkabilmek. Bırakın sevsin sizi. İkinci tekil şahıs olarak değil, 3. tekil şahıs olarak sevsin ama sevsin. İlişki yürütmek yetenek ister ve bizler çok yetenekli sayılmayız. En azından her ilişkiyi sevişerek yürütenlerden olmayın. "Aşkım ben seni çok istiyorum ve senle olmasa başkasıyla sevişeceğim, yani sevişmezsek olmaz, ihtiyaçlarım var benim." cümlesini duyan bir kız net olmalı. Şu kadar net: "O zaman defol git, sevmek sevişmekse senin gözünde, sen de götün tekisin benim gözümde." diyebilmeli. Ve kızlar ben hâlâ mükemmel bir adamım, Allah da benim belamı vermesin. Öpüyorum. Hadi eyvallah...

Bir kıza ilişkide açık vermenize gerek yok.
O canı istediği an bir açığınızı bulup yine lafı sokar.

Başlayamayan Aşkın Diyaloğu

Birbirimizi tamamlayabilmeliyiz. Sarılıp film izleriz, sen kahve yaparsın, ben sana masaj yaparım. Bazı günler evden hiç çıkmayız.

+Gerçekleşme ihtimali ?

-30 yıl sonra göğüslerinin sarkma ihtimali kadar mümkün.

+Hahaha. Yani %50 diyorsun.

-%90

+%100 beklerdim senden.

-Hayatta her zaman bir yanılma payı bırakmalı insan.

+Senin gibi bir adam emin olmalı her şeyden, imkansız bir şey olmamalı senin için.

-Akıllılar hep kuşku içindeyken aptallar küstahça kendinden emindir.// Bertrand Russell

+Neden ben ?

-Çünkü göğüslerin çok güzel.

+Sadece bu mu?

-Sadece bu olamaz.

+Peki o zaman başka ne?

-Sadece içinde sen olan bir hayal kurmak istedim hepsi bu.

+Hayaller gerçek olur bir gün, ben buna inanıyorum.

-Ben de.

Mesafeler aşka engeldir.

Ara Onu Lütfen

Neyi sevdiğimizi, neden sevdiğimizi, ne kadar sevdiğimizi kestiremiyoruz. O olmazsa neler olacağını bilmiyoruz çünkü bir insan sizin için ölse bile nefes alıyorsa varlığını inkâr edemezsiniz. Birinin tam anlamıyla hayatınızdan çıkması onun ölmesinden başka bir şey olamaz. Ve bir insan öldüğünde; o olmazsa diye düşünemezsiniz, artık yoktur hayatınızda, onsuzluk başlamıştır. Tatmin edilmemiz güç, yerine koymak güç, onun gibisini bulmak mümkün değil... Eski sevgilinin yerine yeni bir şeyler koymak mümkün mesela. Aynısını koyamıyorsun ama... Hayat; hayatınızdan tam olarak çıkanların bıraktığı izlerden ibaret aslında ve herkes bilir ki acı olmadan insan büyümez. Özlüyorsan ve hâlâ ölmediysen, ölmediyse, ara yani ölmezsin.

O yanında yoksa koskoca bir şehir bile yetmez sana...

Çok İnsan Çok Yalnızlık

Bazen vazgeçmek gerekir, zamanla barışık yaşamalı insan. Her şeyi zamana bırakmanın yanı sıra biraz da zamanı sevmeli sanki... Zaman her zaman bir çözüm sunmaz ve zamana bırakılanlar bundan haberi olmayanlardır. Bazı şeyler birbirinden ayrılmalı; sevmek ile sevişmek gibi... Aradığın şey gerçekten bir sevgili olmayabilir çünkü bir sevgili sadece varlığıyla mutlu edebilir. Kısacası dokunmadan sevebilirsin ve göğüs ölçüleri hiçbir önem teşkil etmez. Mesela sevdiğin adamın adonisleri olmayabilir ve sen adonisli bir sevgilinin hayalini kurarken kibrit çöpü gibi bir adamı seversin. Zaman sana bunu sunarsa, sen bunu yaşarsın. Sevmek çok başka bir şey ve zamana bırakmak g*t ister. Bazen senin zamana bıraktıkların başkalarının olur. Bu sana hayatın "Bana ne, bırakmasaydın!» deme şeklidir. Birinin elinde yapışıp kalmalı, ne kadar çok el, o kadar çok yalnızlık; ne kadar çok insan, o kadar doyumsuzluk...

Bazen sahip olduğun tek şey "O"nu düşünebilme yeteneğindir.

Elmalı Soda

Ayrılık neye benzer bilmiyordum. O yüzden etrafımdaki insanlara "Unutursun ya bir şey olmaz", "O kaybetti, sen değil" gibi cümleleri rahatça söyleyebiliyordum. Sonraları öğreniyorsun bazı şeyleri... Daha iyi kavrayabiliyorsun. İnsan hayatında en az bir kere terk edilmeli. Çok iyi bir adam olsa bile... İlişki yürütmek yetenek ister ve bir kız size güvenemediğinde çok sevse de gider. Tıpkı pedalını çevirmediğiniz bir bisikletin üzerinde uzun süre duramamak gibi bir şey bu. İlişkiler böyle işte, insan bir şeyler yapmalı, en basitinden o pedalı çevirecek efor sarf edilmeli. Bazen "Hâlâ seviyorum" diye düşünürsün, o yazılarını özler çünkü kimse senin gibi cümleler kuramaz. Bir kızın hayatından gitmek, onu kendinden uzaklaştırmak olmuyor. Özlüyor biliyorsun, hatta üzülüyorsun o özlüyor diye... Hâlâ severken hâlâ susuyorsun ve unutmak "unutmak" yazmak kadar kolay değil. O alfabeyi hiç öğrenmeyecektin, o hayattan hiç geçmeyecektin. Merhaba mükemmel adam, senin yalnızlığının üzerine içilse içilse elmalı soda içilir.

Bize gelsene elmalı soda içeriz.

İnsanlar İkiye Ayrılır

Bazen gecenin bir yarısı telefonun meşgul olabilir. Uzun uzun konuşmalar yaptığın bir sevgilin vardır ve bu muhabbetlerin birçoğu «Üzerinde ne var?» sorusuna gebedir. Her kız bu soruya «Tavan var» şeklinde cevap vermez ve her kızın üzerinde tavan yoktur, yorganı unutmayalım. Ve sevgilin vardır işte ya da konuştuğun biri hatta ikinizden birinin sevgilisi varken gecenin o saatinde konuşursunuz. Üzerinizde ne olduğunun önemi yok! Bu aldatmak mıdır? Ya da gecenin ortasında masum masum 2-3 saat konuşulabilir mi? İnsanlar ikiye ayrılır. 1- Bence diyenler 2- Doğruyu söyleyenler. (Yalan söyleyenler 1. şıkkın içinde gezinirler.) Bugün de sevdiğin ve yanında olmayan biri var. Eski sevgilinin yeni sevgilisi acaba ona iyi bakar mı? Hayat sorulardan ibaret ve ayıklanmış çekirdek yemek çok başka bir şey. Şekerpare de çok başka tabi... Bu arada bir kız sizi en az çikolatayı sevdiği kadar sevmeli... Neyse sanırım hâlâ beni seviyorsun, bu yazının başka bir açıklaması olamaz.

"Gece mesajlaşırken uyuyakaldığın biri var mı?"
Yani demek istiyor ki; "Sevgilin var mı?"
Çok orijinal bir yavşama cümlesi oldu bu.

İyi Bir İnsan Olmak Ve Elalem

Geçmişinde bir fahişe olabilirsin, memelerini sayısız erkek ellemiş olabilir. İnsan geçmişinden sıyrılamayabilir. Bazıları bazen düşünür. Neden böyle oldu? Ya da neden bunları yaşadım sorularıyla baş başa kalır. İşin aslı, yüzlerce adamın memelerini ellemesi kötü bir şey çünkü sen bir fahişe sıfatıyla yaşasan dahi insansın ve iyi bir insan olmak için hiç dokunulmamış memelere sahip olmak gerekmez. Şimdi tekrar düşün, geleceğin başkalarının değil senin sıyrılabildiğin geçmişinden geçer.

Bazı yazıların içindeki bir cümle bir romana eşittir.

Her şey Yüzünde Saklı

Birinin yüzüne alışmak diye bir şey var. Birinin yüzünü bile unutmak var. İlişkinin içinde birinin yüzünden sıkılmak var. Bu neyin işareti olabilir ki? Yine mi ayrılık var acaba... Artık daha sık görmek istemiyorsun sevdiğin insanı belki de aşk hikayesiydi sizinki, bildiğin hikaye işte, aşkı bir yana... Bir insanın yüzünden sıkılmak, işte berbat bir şey bu. Bir ömür boyu birbirinin yüzüne âşık kalan insanlar var, ben kalamıyorum. Bazen her şey bir yana, sadece güzel kek yapabilsin istiyorum. İlişki yetenek işi, sevmek insanın kendini yenilemesi demek. Esmer bir kıza âşık olup, sarışınlarla kesişmek var. Bazen oğlum sen boku yedin diyorum. Yalnız değilim, birçoğumuz ilişki konusunda boku yedi. O zaman bir şarkı söyleyelim denize karşı, dalgalar yüzümüze sıçratırken tuzlu suları, birbirimizin yüzünden sıkılmamak için dua edelim. Bu arada kek olayını unutmuş değilim, bence güzel bir kek yapabilirsin.

Birini gerçekten sevdiğinizde kek yaparken mutfağı yaksa umurunuzda olmuyor.

Önemli Olan Boyu Değil İşlevi

Baktın gidiyorum, bırak gideyim. Arkamdan su dökme ki, dönüşüm olmasın ve gözyaşı da bir sudur unutma. Kalbin kalbe karşı olduğunu söyleyenler ve buna inananlar var. Çok yürüdüğünde ya da çok koştuğunda dalağı şişenler, çayı bardakta soğutanlar, kendini tekrar edenler... Birinden gitmek, gitmelerin en güzelidir aslında. Kolay bir şey değildir ve cesaret ister, öyle ki herkes cesaretli insanları sever. Bazı şeyler için olmadık kapılarda beklersiniz. Sizi seven birini sizin de sevmeniz gerekmez. Hayat bence cümlelerden ibaret ve bir yazının içerisinde koparılamayan bir cümle ne kadar özgür olabilir ki? Dünyanın en iyi yazısı, dünyanın en uzun yazısı mıdır? Biz çoğu yazıyı okumaya kalktık ama uzun diye vazgeçtik. Biz, bizi yoracak şeyleri sevmedik. Zaten okumak başlı başına bir ciddiyet ister, yazmak her zaman o ciddiyeti gerektirmez. İnsan tipleri de buna benzer. Kimileri yazar tipliler, kimileri okur. Okuyanlar hazırcı değildir ve yazanlar her zaman doğruyu söylemez. Binlerce saçmalığın döndüğü ve yalandan yere uzatılan yazılar var. Ben o yazıları sevmiyorum, bana kendini anlat palavralarını değil... Ve hiçbir insan 500 sayfalık bir aşk yaşamadı bence. Olsa olsa onun 1 sayfası aşktır, kalanı ise sahtelikten başka bir şey değil.

Hiçbir ortak noktanızın olmadığı, hiçbir konuda anlaşamadığınız insana gider aşık olursunuz. Bu hayatın "Al sana aşk" deme şeklidir.

(A)nnem ve (B)abam

Telefonunuzda "Annem" ya da "Babam" adında bir numaranın kayıtlı olması bile yeter bazen. Bizler korkak insanlarız, kaybetmekten korkuyoruz, alışmak gibi kötü bir alışkanlığımız var. Alışmaya bile alışıyoruz, ne kısır bir döngü bu böyle...

Hayatımızdan çıkan bir numara; hani şu bazılarının telefonunda "Aşkım" şeklinde kayıtlı olanlar... Ben kimseyi "Aşkım" diye kaydetmem mesela. Kimse hakkını veremez aşk'ın diye değil sadece «Aşkım» kelimesi bana itici geliyor. Ben çok sevince başka başka sıfatlar, yakıştırmalar bulabiliyorum. Zaten çok sevdiğinde ona her şey yakışıyor.

Bazılarına hiçbir şey yakışmaz ve ben herkesin mutlu olmasını isteyen bir adam değilim. Evet, herkes mutlu olmasın çünkü gerek yok, ayrıca herkes mutlu olmayı hak etmiyor zaten. İlla birileri mutlu olacaksa başta ben olayım. Bu arada dengesiz adamlar zeki oluyormuş, o kadar dengesiz biriyim ki, bendeki denge ip cambazında olsa; ilk adımında yere çakılır. Ve bazı yazılar kime yazılır, kime ne katar, kime ne sokar bilinmez. O yüzden bu yazı bırak içinde kalsın, böyle çok daha güzelsin.

Aramızdaki fark şu; senin roman yazarak anlatamayacaklarını, ben tek bir cümlem ile anlatırım.

Bugün, Yarın ve Daha Sonra

Bazen âşık olasın gelir, neden aramaya gerek yok. Bir şarkı dinlerken bile âşık olmak isteyebilir insan. Bazı şarkılar tek başına dinlenmiyor mesela. Dinlenir dinlenmesine ama onu yanına çağırır işte, ya başında ya nakaratında... İnsan kendine yeter aslında ve müziğin sesini çok açanlarımız var. Geçen gün bizim şarkımız diye bir şarkı bulmuş kendine, baktım bizim şarkımız değil. Sizin için ölen bir insan birkaç ay sonra başka biri için de ölebiliyor. Sırf bu yüzden bile âşık olmak, birini çok sevmek, çok çekici gelmiyor bana... Elbette insanın duyguları değişebilir ama asıl yetenek her geçen gün karşındaki insanı bir kez daha sevebilmek için bulduğun bahanelerdir. İnsanın ilişkiye duyduğu saygı tam olarak da budur zaten. Bugün seni seviyorum, yarın da bir neden bulur severim. Daha sonra seni yeniden keşfeder yeniden severim. Benim senden başka işim yok ki...

Nedenlere ihtiyacımız yok ama neden sevdiğini bilmek gibisi de yok...

Giriş - Gelişme - Sonuç

Bir ilişki kompozisyona benzer ve iyi bir kompozisyon için iyi bir giriş gerekir. Girişler yalansız olmalıdır. İçinde güven olmayan bir ilişki ne kadar gelişebilir ki?

Gelişme bölümü ise uçsuz bucaksız olmalı ve her zaman yaşanacak bir şeyler bırakılmalı... Ne kadar çok şey yaşarsan, o kadar mutsuzlaşırsın çünkü ilişki sıradanlaşır.

Sonuç bölümünden bahsetmeye gerek yok. Bir ilişkinin sonunu görmeye de gerek yok. Bize lazım olan yalansız girişler ve uçsuz bucaksız sevişler... Sonuç hep aynı bildiğin tükenişler.

İnsan gelişerek sevmeli ve bazen sonuçları hiç düşünmeden...

Mandalina

Eski sevgililerimi özlemiyorum ama üniversitede bana mandalina getiren kızı özlüyorum. Muhabbet esnasında mandalina yediğini söylemişti. Bana getirsene dedim, ertesi gün baktım çantasında mandalina, kampüste beni arıyor. O gün yedim o mandalinayı... Şimdi bu kızın özlenebilitesi var. "ÖZLENEBİLİTE" çok önemli bir şey.

İnsan hatırlamak istemediğinde ya da hatırlamak için hiçbir şey yapmadığında hatırlayabiliyor. Alt beyin sürekli çalışan bir şey ve sen hep içindesin onun. Çok okuyarak iyi şeyler yazılabilir mi bilmiyorum. En son değil ama okuduğum kitaplardan birinde bir işi 10 bin saat yaptığınızda o işte profesyonelleşirsiniz diyordu. Çok okumak belki de sadece çok iyi bir okuyucu olmamızı sağlar. Okumak ve yazmak çok farklı şeyler, ben yazmaya başlarken ilk cümlemi asla silmem. İlk cümleyi sildiğinde tüm güvenini yitiriyorsun ve güvenmeden yazamazsın.

Aslında insan güvenmeden hiçbir şey yapamaz.

Güçlü olmak çok başka bir şey, yavşak olmak başka...

Başkalıklar yaratmalı insan, başkalaşmalı...

Sevdiğin cümleler olmalı, birini bulmalısın okurken mutlu olduğun, kusana kadar okuyabileceğin ve ulaşamayacağın biri olmalı. Uzaktan sana ait ama hiç yakınlaşamadığın, ne kadar aptalca ve ne kadar çekici...

Hayat cevaplayamadığın bir yığın sorudan ibaret, düşünmek ve yaşamak aynı anda yapılacak şeyler değil. Sen bir kalbin ve yormadığın bir beynin var. Zaten insanlar kalbi kadar beynini yorsaydı, memenin çok da çekici bir şey olmadığını keşfedebilirdi.

Mutluluk tam olarak nerede saklı ve hiçbir şey yokken içimize çöken mutsuzluğun sebebi ne? Özetle sonunda özetle yazan yazıları sevmem. Madem özeti vardı, bize niye okutuyorsun iki saattir diye sorarlar adama.

Özetle mandalina faydalı bir besin, hafızayı kuvvetlendiriyor.

Ve Sen Çocuk

Sen önce bir kendinle tanış, sonra taraf olmayı dene... Taraf olayım derken araf olma çocuk. Hatta bütün tarafları bir yana bırak, hiçbir ideolojinin içine hapsetme kendini çünkü bir daha bulamazsın eski bakışlarını. Zaten hiçbir insan senin karşında değil, herkes kendi tarafından bakıyor hepsi bu. Sen onlardan olma çocuk.

Herkes aynı dünyaya başka yerlerden bakar, mesele bu cümbüşü anlayabilmek.

Büyümek ve Küçülmek

Belki senin henüz öğrenmediğin şeyleri birileri çoktan öğrenmiştir. O yüzden yeni kitaplar okumak, yeni filmler izlemek, yeni insanlar tanımak iyidir. Senden bir şey götürmez, aksine çok şey katar. Büyürsün ve büyüdükçe küçülmen gerektiğini öğrenirsin mesela... Soğuyan kahveyi içmeyi öğrenirsin ama bu çöpe gideceğine ben içeyim gibi bir şey değil. Soğuk kahveyi sevmeli insan çünkü kahven soğuduysa bir nedeni vardır ve en büyük nedeni sensindir.

Aslında suçlayacak kimsen yok, her şeyin sebebi sensin.

Benim Dedem Lidyalı

Sonra müziğin sesini açtım.

Hayatta güzel şeyler de oluyordu ama sürekli sana ya da bana rastlaması mümkün değildi, bu büyük bir haksızlık olurdu.

Zaten Allah bizi; "Dünya çok mükemmel bir yer, sende orada mükemmel bir hayat süreceksin." diyerek yaratmadı. Zorluklar ve bir şeylerin karşısında direnmek, bir insanın hayatında yapabileceği en anlamlı davranıştır. Sayısız derdimiz var, saysan sayamazsın, herkesin derdi başka...

Biraz şikâyetçiyim kötülerden. Kötü olmak için doğmadı hiç kimse. Peki onları kötü yapan neydi? Kötü olmak dayatılan bir şey mi? Sen kötü olmalısın, senden başka bir şey olmaz. Bana bak çocuk, sen kötü olma bence git aylak bir adam ol, kimseye zararın olmasın, yararından vazgeçtim.

Bir insanın en son ne zaman mektup yazdığı önemli. Yazacak kimse yoksa kendine yazsın. Sonra isterse okur, bence okumasın bir süre... Beklentilerin var ve karşılığında yaptıkların. Dünyadaki her şey daha iyi yaşamak için mi? İnsan gülebildiği kadar gülmeli, beş liraya balık ekmek yiyebileceğiniz bir sevgiliniz olmalı.

Sen bekle, hayat beklemez. Sahi Lidyalılar parayı nerede buldu? Yerde her para bulan Lidyalı o zaman. Sonuçta tarih dersinde bize anlatılan; "Parayı Lidyalılar buldu." cümlesinden ibaret. O halde hepimiz Lidyalıyız. Benim dedem Lidyalı. Çok dağınık bir adam oldum son zamanlarda... Yazının haline bak, bildiğin karayolları haritası, uğramadığı yer kalmadı. Hadi eyvallah sen cümleni al içinden...

Ne dünya mükemmel ne biz.

Sönmek mi? Dönmek mi?

Çünkü ben seni bir perşembe akşamı sevdim. İnsan cumayı sever ya, cuma gelsin isterken yaşlanır. Küçük mutluluklar için büyük kayıplar verirsin bu hayatta. Mesela perşembe akşamlarını sevmezsin bir daha, sevmek istersin sevemezsin. Anlar mısın? Anlamazsın çünkü perşembe senin için sadece bir perşembe...

Severken kış aylarında bile ondan soğuyamazsın, oysa şartlar uygun, üşüyorsun ve tek yapacağın şey vazgeçmek. İstediğin kadar üşü, o yanar bir yerlerde. Hani şarkıda söylüyor ya: "Bu yanan yüreğime, dağların karı yetmez." Sen yanarak sönebilir misin ya da sönmeyi bir yana bırak, yeni sorular sor kendine: "Dönebilir misin?"

Hayat almadan vermez, sevdiğin her şey seni sona biraz daha yaklaştırır.

En Güzel Şarkı

Bana kendini hatırlat çünkü ben unutkanım. Bildiğin İlhan İrem şarkılarına benziyorum, özetle "Sensiz ben yolumu bulamam". O halde aşk ne kadar uzak kalabilir ki parmaklarına... Cümleler yakalamasa şarkılar yakalar.

Şarkıda söylediği gibi; «Sen sustuğuma bakma, konuşmaya gücüm yok beni anla.» Her şey anlamsız değil mi? Genimizde mutsuzluk var. Toparlanamıyoruz, bir kere geç kaldık ya yetişemiyoruz. Sadece bende değil ki bu çelişkiler, sende de var.

Üzerimiz örtüsüz, müziğin sesi kısık, ben seni bağırmak istiyorum çağıramazken... Her şey bir yana, sen ellerimden yana, onlar anlamaz bizi çünkü kalp tersten yazıldığında plak, içinde şarkılar var ve benim en güzel şarkım sensin Allah'ın belası...

İnsan bir kere geç kalır, diğer geç kalmalar onun devamıdır.

Erkek Beyninin %70'i Seks

Bütün kızların arkadan güzel olduğunu üniversitedeki arkadaşım Kemal'den öğrenmiştim. Melike sunum yapmak için kürsüye çıkmıştı, projeksiyondan yansıtılıyordu yapacağı sunum ve genel olarak bize arkasını dönüyordu. Konu dünyadaki su kaynakları ve suyun önemiydi. Kemal sağımda oturuyordu, ben içinde erik olmayan erikli suyunu tüketiyordum, o sırada kulağıma yanaşıp o tarihi cümleyi söyledi: "Melike arkadan güzel lan."

O gün fön çekmişti Melike, saçları güzel görünüyordu ama ben Melike'yi pek beğenmezdim. Kemal de beğenmezdi bence... O gün sanırım abazanlığı tavan yapmıştı. Yoksa sunumun ortasında öyle bir cümle kurması çok saçmaydı. Baktım Melike hâlâ güzel değil... Kemal hâlâ öküz.

Dün eski bir kız arkadaşımla görüştüm ve onun bu yazıdan haberi olmayacak, olamaz da...

"Siz erkekler neden hep seks düşünüyorsunuz?" diye sordu. O soruyu duyduğumda Kemal ve Melike aklıma geldi. Hani insan vücudunun %70'inin su olması gibi bir şey bu sanırım. Erkek beyninin %70'i seks. Kalan % 30'unu ise bir şekilde sekse çekebiliyor. Bu durumda dünyadaki su kaynaklarının pek bir önemi kalmıyor.

Yürüyorduk, yolu gösterdim, her on metrede bir karşımıza çıkan lambaları... "Şimdi erkek beyni ve kadın beyni farklı" dedim. Kız bana sordu soruyu, cevapsız bırakmak gibi bir lüksüm yok çünkü benim zekâma güveniyor. [Erkek beyni vs irade] durum özetle buydu. Beynindeki dürtülere engel olabilenler ve olamayanlar. Seksi düşünmek kolaydı çünkü pek bir zorluğu yoktu ama bazı adamların seksi düşünecek vakti yoktu, ki onlar bile hayatlarının yarısına bunu sığdırıyordu. Bir de kız beyni var tabi; erkek beyninin çok da tersi olduğunu düşünmüyorum. Olay irade meselesi biraz da, insanın kendini yönlendirmesi...

Aslında yazıdan çıkarılacak ders "Melike'nin arkadan güzel olması" değil. Kemal'in sunum yerine Melike'nin poposuna bakması değil. Karanlıkta bütün vücutlar Adriana Lima değil, Kemal biraz eşek.

Hocam sormuştu; "Bir kadındaki en önemli şey zekâ mı güzellik mi" diye... Açık yüreklilikle "Gece 11'den sonra zekâ pek işe yaramıyor hocam" demiştim. Siz yapmayın bunu, ben sevilen bir adamdım. Nihayetinde hâlâ öyleyim ve muhtemelen Melike hâlâ arkadan güzel...

Bu arada konumuz Melike değil.

Senden Bir Şey İsteyebilir miyim?

Uzun zaman önceydi...

Sorular tüm ilişkileri tamamlayabilir miydi?

Kıskanmak elde tutmanın bir yolu muydu?

Seversin, alışırsın çünkü alışmaya geldin sen. Vazgeçmek, genel anlamda bir vazgeçmek bu. Hayata genel bir bakış gibi... Basit olaylar değil, mesele bir sevgili değil.

Etrafımda çok güzel çok mutsuz kadınlar var. Güzellik mutluluk getirmiyor demek ki... Yetmez, ki zaten yetecek bir şey yok.

Geçen gün olur olmaz düşündüm, düşünmeyen insanları... Bir insan neden umursamaz olur ki? Cool rolü yapan adam aptaldır mesela. Boktan insanlar var hayatında, benim gibisi bir daha gelmez. Havalıyım, bulamazsın biliyorum.

Nelere sahip olduğundan çok, nelerin sana sahip olduğudur önemli olan. Ne zaman tam bir adam olabilirsin? Kimseye eyvallah etmediğin zaman. Ne zaman özgür olabilirsin, istediğin müziği dinleyebildiğin zaman. Çok mu kıro oldun yoksa, bence olmadın. İsmail YK'yı seviyorsan git onu dinle. Ben sevmiyorum mesela.

Her eski sevgili bir mezar mıdır?

Uzun zamandır en çok duyduğum cümle "Senden bir şey isteyebilir miyim?" Genelde insanlar bir şey istemek için gelirler ve onları mutlu edemediğiniz sürece sizi sevmezler. Bence hayatından kovduğun adama bir bak. Sonra sağa bak, sola bak, tekrar sağa bak. Adam yok bak, kapmışlar. Hadi eyvallah.

Bazen kimseden bir şey isteyemezsin.

Değer(Siz)Siniz

Bazen uykun yoktur ve uyumak yapacağın en son şeydir. İnsan uyuduğunda yok oluyor, o an başkasın ve varlığın korumasız. Hani sevseler seni uyurken anlamazsın ama korkutsalar korkarsın. Sevmek bu kadar mı zor hissedilir.

Duygusal olmanın dışında neler yapıyorsun?

Part-time aşık olamaya çalışıyorum ama olamıyorum.

Oysa herkes kendini değerli sanar. Aşk ne kadar değerlidir, bu kadar değeri taşıyabilir mi?

Bir de şunu düşün mesela... Aramızdan iğne geçmesini bile istemezken, tren geçecek mesafeyle yürümemizin amacı ne?

Sen düşün, ben uyurum... uyurken sever misin beni? Ya da hissettirebilecek kadar güçlü müsün? Senin de başkasında kaybettiğin bir mutluluk var mı?

Üşüyorum, battaniye yerini tutmuyor, ben elini tutmuyorum, geçinip gidiyoruz.

Öpüşmek sadece dudaklar arasında olmaz, eğer sadece dudaklarınla öpüşebiliyorsan çok eksik yaşıyorsun sen.

Radyodaki Şarkılar

Sonra yok efendim ben unutamıyorum. Eee sen unutmak istemiyorsun ki... Önce bir düşünmek lazım; Bir ilişkinin içine bizim şarkımız diyerek 10+ şarkı katan insanın onu hatırlamamak gibi bir lüksü kalır mı? Sen unutsan radyolar hatırlatır.

Bugün radyoyu açtım, bir anda o şarkı başladı: (Aşkın Nur Yengi-Susma) hem de 24. saniyeden başlıyor düşünebiliyor musun? Ben düşünemedim ve zaten bu bizim şarkımız değildi. Bu giderken kalmaların şarkısıydı, kimse tam olarak gidemez, parça parça kalır, parçalanır.

Arkanda acılar bırakırsın, sana kalması şart değil, onu üzsen yeter ve biri üzülür ama susar. Onunla yaptıklarını özlememek gibi bir durum yok. Herkesin bir eski sevgilisi vardır. Kimi elinden tutmamıştır sadece... Bir insan uzaktan sevilebilir, hissetmek öpüşmenin ötesinde.

Fakir sevgilerimiz var, tam olarak kavrayamıyoruz, hep söylerim eksiğiz, çığlıklarımız sessiz. Bana giderken cümleler bırakma, bana senden parçalar bırakma. Sonra yazılarını sevdiğin, cümlelerini öptüğün bir adamı unutabilir misin? Unutamazsın. Bu tıpkı Pancu'nun kaleye geçtiği ve Fenerbahçeyi 3-4 yendiğimiz maçı unutamamak gibi bir şey. Oysa o maç geride kaldı ama sevdin ya o maçı bir kere faydası yok artık, o maçı unutmak istemezsin...

Şimdi en sevdiğim tostu unutabilir misin ya da en sevdiğim kazağımı? Birinin hayatına dahil olmak böyle bir şey. Zaten unutsak insan olamazdık. Yerine koyabilsek âşık olamazdık. Sen de sever misin uzun otobüs yolculuklarını? Nereye gittiğimizin önemi yok, otursan diyorum yanıma ve unutsak eski sevgililerimizi, sonra sevsek birbirimizi unutsak. Neyi, kimi, neden sevdiğimizi unutsak. Zor olan unutmak değil, kendini boşluğa bırakmak ve ben bugün de kısık sesle bizim olmayan bir şarkıyı dinliyorum, benim olmayan bir seni severken...

Özetle bugün de Allah cezamı verdi, yine gelmedin? Sen kimsin sahi? En sevdiğin renk ne? Ben kimim? Kayıp etsen ya bizi, kimse görmese, bağlansak ve öylece kalsak, sonrasını düşünme, öpüyorum yaralarından, bırak acısın dudaklarım, sana bir şey olmasın.

Senden kalan yaralarıma merhaba de.

Çünkü Sen İnsansın

İnsanlar hep insanlar sanki... İstisnalar var; bazıları çok insan, bazılarına kalmamış. İçlerinde başına ne gelirse gelsin "Neden ben?" diye soranlar var. Ve neden sen olduğunun bir cevabı yok oysa... Düşünmek yetmez. İnsan nedenlerle yaşar ama nedenlere hesap soramaz, sadece sorduğunu sanar ve her konu karşındaki insana bağlı olarak istenilen tarafa çekilebilir.

Şimdi sen insansın ya, sevmediğin şeyler var ve sevmediklerini anlatma tarzın. İşte burada insan oluyorsun zaten. Kendini başkası kadar güçlü sandığında... Oysa güçlü değilsin. Oysa o da güçlü değil ama sen güçsüzsün, o güçsüz değil. Cümlelerin içinden birini seçmeli ve cebine koymalı insan. Her insan yapamaz bunu ama sen yaparsın. Onlardan değilsin sen, anlayışlısın, anlaşılabilirsin.

İnsanın temeli sevmek, sevgiyle yaklaşmak ya da sevgiyle uzağında kalmak. Bazen sırf sevdiğinden yaklaşamazsın. Ateşsindir sen ve karşındaki bir kamyon dolusu tüpten farksızdır. İşte bu yüzden sen yanarsın, sevmek yanmaktır bazen ve her konu istenilen yere çekilebilir. Eyvallah etmeden yaşamalı insan çünkü sen insansın...

Sevmek her zaman yaklaşmak değildir,
bazen uzaktan seversin, çok uzaktan.

Ayrılığın Ayak Sesi

Bazı ilişkilerde ayrılığın ayak sesi vardır. Ben duydum mesela o sesi ama aldırmadım. Hani çok seviyor ya, gidemez ya... Oysa gidermiş, zaten herkes gitmek için gelirmiş. Aşk dediğin bir masal belki, güzellik dediğin gelip geçici, ellerinin ellerinde olması anı yaşamaktan başka bir şey değil...

Masum değilim ama masum değilsin diyemem. Kötü yanlarım var elbette, seni çok sevdim mesela... Çok sevmek kötü bir alışkanlık. Az sevmek lazım belki, ben beceremem bilirsin.

Senin ardından bir günlük tuttum ömürlük sevgimin cümlelerine... Şimdi sen denizden sıkılmış bir balık gibisin, yaşamak senin için bir mecburiyet ve genelde hiçbir şey yolunda gitmez. Sakallarım uzadı, saçlarım dağınık, içimde senden kalan yazılar...

Gel desen gelmem ama sevme desen severim. Bu saatten sonra dönmem, geç oldu artık ve ben çok erken sevdim seni...

Anlatsam anlarsın, sırf bu yüzden anlatmam.

İkimizin Şarkısı

İkimizin şarkısı diye bir şey yok. Üçümüzün, beşimizin, yüzümüzün falan o şarkılar... Bizim sevgili olayına daha farklı şeyler katmamız lazım. Uzun uzun bakışmak değil mesele ya da yıllarca sevmekten bahsetmiyorum. Onun için bir mektup yaz mesela, altına bir tarih at... Onu ne kadar sevdiğini anlat, neden sevdiğini anlat... Kavga ettiğinizde o mektubu oku, olmadı ona okut. Hiç olmuyorsa beraber okuyun.

Çok uzun şeyler yazmaya gerek yok. "Düşünüyorum öyleyse varım" kadar kısa olmasın. Seni seviyorum çünkü yazmasın o cümlelerde... "Çünküleri unuttum senden sonra" yazsın.

"Seni sevmek için çünkülere ihtiyacım yok" yazsın.

Anlamazsa baştan yazarsın, anlarsa baştan seversin. Giderse gidersin, sakın kalma. Kalırsa öpersin saçlarından çünkü...

Çünküler içinden sevmedin sen onu...

Kısa cümlelerle sev onu; seviyorum de sadece...

Ama Olmuyor Öyle

Ve "Bir kulunu çok sevdim" dersin... Hani hepimiz kuluz işte, yok birbirimize bir üstünlüğümüz, standart hayatların zorunlu bekçileriyiz. Sanki ölmeyecekmiş gibi yaşıyoruz ve hepimiz birini diğerlerinden daha çok sevmek istiyoruz.

Ama olmuyor öyle!

Şarkıda söylediği gibi; «Bir kulunu çok sevdim o beni hiç sevmiyor." İşin içine İbrahim Tatlıses bile karışabilir bazen ve her şeyi olan bir adam onsuzluktan ağlayabilir bazen. Tarifi mümkün değil sevip sevilmemenin. Sen hâlâ aşkı tanımlamaya çalış...

Ortak yönleriniz yok ve demiyorum ki; seni seveni sevmek zorundasın, karşındaki seni anlamıyor ya en zoru o işte. Ben sevmiyorum seni, sevmek istemiyorum. Aslında seviyorum ama hayatımda olmanı istemiyorum yani bu sevgi tamamen hümanist bir yaklaşımdan kaynaklanıyor.

İnsan "Hayır" diyebilmeli ve bu bencillik olarak gözükse bile, kendini düşünmeli. Kimse o mutlu olsun diye mutsuz olmak zorunda değil.

İyi sevilmeler…

Bu arada hani Ümit Besen diyor ya; "Garibin biriysem sevemez miyim?" Bazen sevemezsin abi.

Son olarak İzlandalılar da aşk acısı çekiyor, dünyadaki bütün dertler sende değil bebeğim, kitabını okumaya devam et…

İzlanda'da aşk acıları nasıl çekilir? Kaç gün sürer? Kısaysa oraya gelelim.

Aşk Bir Kalp Kazasıdır

Bugün yazılarımı okuyan bir kız arkadaşla telefonda konuştuk. Ona daha önce hemen hemen bütün kızların bana aşk acılarından bahsettiğini söylemiştim. O da farklı değildi, aynı şeylerden bahsetmişti. Sevgilim vardı, bitti, nasıl bitti? Falan filan...

Bugün yağmurun altında eve yürürken onunla konuştum. Eski sevgilimden bahsettiğim yazıdan konu açıldı. Tıpkı beni yazmışsın, biz kızlar gerçekten gerizekalıyız, tek düşündüğümüz aşk ve ilişkiler dedi. Baktım doğru söylüyor; haklısın, insanın kendini bilmesi güzel, dedim.

Bence aşk ve ayrılık dertten sayılmamalı... Hani yaşaman gerekiyormuş ve yaşamışsın gibi düşün. Hayatın içinde olan şeyler bunlar; 6 üstü aşk. Hayatın içinde olan şeyler, tıpkı Serdar Ortaç gibi... Onu da anlamıyoruz ama var yani adam ve bazen anlamlı mesajlar veriyor: "Üzecek adam çok."

Evet, ben de sevgilimle yağmurun altında ıslanmayı isterdim ama gökyüzünde o an herkes için tek bir şarkı çalsın, dinlemek zorunda kalalım ve o şarkı yersiz yurtsuz olduğumuzdan bahsetsin. Sanki evimiz onun kollarıymış gibi hissedelim. Özlemek mümkün olmasın. Bir zahmet "seni yanındayken bile özlüyorum" deme. Eziklenme.

Öyle sıradan cümlelerle sevme onu. Yağmur'un ona çok yakıştığını söyle mesela... Bir ömür ne demek istediğini düşünsün. Islak yanaklarından öp, aşk bir kalp kazasıdır, içinden sağ çıkamazsın ve her şey yarım kalır, sen gibi ben gibi...

Dünyanın en büyük evindeki en büyük odaya sahip olsan da; senin sıkıştığın yer beyninin içidir ve bütün kazalar orada gerçekleşir.

Karışmasın Aklın

Hayat biraz sıradan, yenilgiler var içinde ve birçoğumuz hak ettiğimiz hayatları yaşamadığımızı düşünüyoruz. Çoğu kızın derdi eski sevgilisi, en azından benden fikir almak isteyenlerin çoğunun derdi bu.

Benim de eski sevgilim oldu. Eski sevgilim derken bile bir sahiplenme söz konusu. O hâlâ benim sanki, hiç benim olmadı diyemem. Eski sevgili insanın varlığının kanıtıdır. Tıpkı bir anne, bir baba gibi. Kaybetmek acı verir ama yerine koyacak biri bulunur.

Ve sen de benim yerime birini koymayı denedin, oldu ya da olmadı ama denedin. Kimse kimsenin boşluğuna "cuk" diye oturmaz. Ya geniş gelir ya dar. Masum değiliz, sadece gülüşlerimiz güzel.

Ben yalnız mıyım? Neden aklım onda kaldı. Bu bir saplantı mı? Biraz alışkanlık sanki... Temelinde sevgi var, bağlılık duygusu bundan oluşuyor. Bir de hiç sevgilin olmayan birini gördüğünde bile üzerine çığ düşecekmiş gibi hissedersin. Hayat çok adrenalin içeriyor, bu kadarı fazla...

Kimin ne söylediği, ne düşündüğü önemli değil. Sen ondan çok onunla yaşadıklarını sevdin. Şimdi kimse onun gibi tutamaz ellerinden. Zaten ellerin de başkasını istemiyor. Cümlelerde kendini ararsın, bir şarkı duyarsın, bakarsın o. Aslında yok değil mi? O kalbine girmedi ki? Sen onun kafesisin, o senin gökyüzüne hasret olan ama her fırsatta hislerinin üzerine sıçan kuşun.

Ve bir adam bundan daha iyi anlatamazdı aşkı, aferin bana eski sevgilim. Aferin sana çocukluğumun öksürük şurubu, aferin sana last seen today'im. Öpüyorum kırmızı ojelerinden, karışmasın aklın, gidiyorum.

Erken uyanmak ve yol almak lazım, yeni insanlarla yeniden sevmek lazım.

Elinde Başka Cümleler

Dokunamadığımız acılarımız var, içimize attıklarımız var. İçimizden çıkmayanlar... Eski sevgililerimiz var unutmaya çalıştığımız, çalışmaya alıştığımız.

İnsan binlerce sözcükten oluşan ve içinde bir hayli anlatım bozukluğu bulunduran bir cümleden farksız. Kusursuz olması mümkün değil. Sevmek yapabileceği en iyi şey, çoğu zaman beceremediği..

Bir gün dönüşü olur sevginin, sevgilinin... Araya bir şeyler girmişse eski tadı olur mu? Söylemiştim sana insan binlerce sözcükten oluşan bir cümle. İkimizin arasına bir insan değil binlerce cümle girdi.

Şimdi elimi tutsan başkasının cümleleri var elinde. Yüzüme baksan sözcüklerden göremiyorum seni... Sırf bu yüzden bile git işte. Ben unuttum geldiğin günü...

Hafızam sana dolu eski sevgili...

Empati

Bazen yazılacak çok şey olur. İnsan özünde insan olmalı, görüntü olarak insana benzemek hiçbir şeye yaramaz. Sevmek ve güvenmek ,ve bunların yanı sıra yine çok önemli bir şey olan empati...

Empati'nin anlamı: "Aynı şeyi senin anana bacına yapsalar hoşuna gider mi?" cümlesi ile özetlenebilir. Vicdan insanın empati yapmasını sağlayan bir şeydir. Ayrıca şöyle bir şey var.

-Nasılsın?

+İyiyim sen? (ve aslında hiç iyi değilken bile iyiyim diyebilirsin.)

İnsan olmak çok başka bir şey, herkes insan olamaz.

Birini sevmek çok başka bir şey, herkes birini sevemez.

Ve dünyadaki en değerli şey aile, insana her gün yeni bir şeyler öğreten birileri var. Ben iyi bir adamım diyebiliyorsan yaşamaya devam et. Yoksa boş ver, başkası yaşasın.

Hayat kötü bir insan olarak yaşayabileceğin bir yer değil. Ben Ahmet Batman'ım, senin de bir adın ve bir soyadın var. Ne kadar eşitiz değil mi? Bazılarının iki adı var. Onlar çok havalı.

Dünyanın en güzel şeyi de Allah'ın bize bir dua kadar yakın olması. Yaz bunu, güzel laf.

Nereye gideceğini bilmeyen yazılar var.

Çok Sıkı Sarıl

Gitmek istemiyorum ama kalmak da içimden gelmiyor. Her ruh tadar böyle şeyleri... İlişkiler etrafında yüzlerce soru barındırır. Mantık her şeye galip gelir. Beynini nereye yönlendirirsen orayı yaşarsın. Acı senin ne tarafa baktığınla ilgili bir şey. Hiçbir elma ağacı bizim değil. Meyvesi bizim olabilir. Meyve vermeyen ağaçla işimiz olmaz, insanız işte. Gölgesi yetmez çoğu şeyin, varlığını isteriz. Sevmek böyle bir şey, yanında olsun istersin. Dudaklarına dokunmak, onunla ıslanmak... Öpüşmek her şeyin ötesinde bir şey, yavaşça sırtına dokunup ellerinle kendine çekmek ve ben sendeki elmayı istiyorum, sen hiçbir zaman benim olamazsın demek...

Kelimeler yorucu, cümleler keza öyle...

İnsan kendine alışmış, nefis bir o kadar zorda...

Çok sıkı sarıl bana, havalar soğuk, üşürsem sebebi sensin.

Öyle herkese sarılamazsın ama bazıları sarılırken kaburgalarını kırsa sesin çıkmaz.

Üşümenin Moskova Hali

Hayata dair yazılar, mutluluklar… Biraz ruhsuz kalmak, ruh zaten emanet. İnsan üstüne düşeni yapamayabilir bazen. Sahiplenmek diye bir şey var. Başkalarından kıskanmak, hatırlayamamak sırf unutamadığından. Çay bardağında bırakılan dudak payı mesafesi kadar yakın olmak ama üşümek.

Bizimkisi üşümenin Moskova hali. Yokluğun soğuk.

Fotoğraflarınla ısınmak için yakmak lazım, bakarken üşümek daha güzel.

İnsan sıyrılamıyor aşktan, senle ilgisi yok.

Zaman sensiz çok yavaş, öpüyorum elmacık kemiklerinden.

Yanında olmamasından daha kötü şeyler de vardır bu hayatta… Mesela başkasının yanındadır. Tek bir şey istersin o zaman; yanımda olmasın ama yanında biri de olmasın.

Senin Yüzünden

Sonra gitmesi gerektiğini söyledi. Her şeyin bir vakti varmış, sarılmanın bile... O ondan öncekilerden farksızdı, ben aynı bendim. Benziyorduk! Ve iki kişi aynı anda gidemiyordu, bir kalan olmalıydı, o bendim. Ben vazgeçmiştim çünkü vazgeçmeyen öylesine bir gidişi seyredemezdi. Ben ettim.

O gün arkandan baktım, kaldığım yere baktım, sen olmasan ne olur diye düşünmedim, düşünecek çok şey vardı, beynime izin verdim. Gözlerim izledi hafizam kayıt dışıydı. O gün sen gitmedin ve ben gidişini izlemedim, gözlerim adımlarından düştü, sen gözlerimden...

Şimdi her şey fincanda soğuyan bir kahve kadar tatsız. Ve hiç bir yazı sana yazılmadı, senin yüzünden yazıldıysa haberim yok.

Ondan daha iyisini bulursun ama onun gibisini bulamazsın bir daha... Zaten insan aşkta hiçbir zaman daha iyisini aramaz ki. Aşkın iyisi yoktur. O gelene kadar aşk da yoktur.

Ruh Eşi

Kimsenin kalbi kırılmasın diye uğraştığında en çok kendini kırıyor insan ve dönüp baktığında aslında kendinden başkası yok etrafında... İnsan yalnız doğar ve yalnız yaşar, yalnızlık öğrenilecek bir şey değil ama öğretilen bir şey.

İstemek ile yapmak arasında çok fark var. Başlamak bitirmenin yarısıdır saçmalığına inanmıyorum. İnsan inançları için yaşıyor olabilir ve bu dünya hayal kurmak için çok anlamsız.

Genel olarak beklentilerimiz var. Birçok insan aşkı arıyor. Aşk mutlu eden bir şey mi ya da olmadığında oluşan eksiklik insana zarar verir mi bilmiyorum. Özeti olmayan insanlar var, bazıları özet bile olamıyor. Sonra aşk diyorsun, ben diyorsun. Eşleşemiyorsun.

Ruh eşi mantığını kavramak zaten mümkün değil. Eğer ruh eşi diye bir şey varsa; O ruhun hangi bedende saklı olduğunu bulmak ayrı bir tez konusu. Ve ya ruh eşin seninle aynı cinsten bir bedene bırakıldıysa... İnsan bunları düşünmeli, gerçekler iyidir. Severim ben.

Tahammül etmeyi bilmeyenlerimiz var, onlardan biri de benim ki tahammülsüzlük kötü bir şeydir bilirim. Sanırım daha az düşünmek lazım, gamsız olmak lazım. Yaşarken ölmek lazım.

Karşında biri var ve seni anlamıyor, zaten anlamak zorunda değil. Kimse kimseden üstün değil gibi bir yalana inanmak zorunda bırakılanlarımız var. Durum sandığın gibi değil. Neyin üzerinde olduğundan çok neye hükmettiğindir önemli olan.

Ve aptal insanlar var hepimizin hayatında...

O zaman bu bizim hayatımız değil. Bir hayata sahip olmak belediye otobüsünde boş bir koltuğa sahip olmaktan fazlası değil. Hani bizimdi lan bu hayat?

Bugün telefonumun şarjı bitmedi. Sanırım yalnızlık modunda bir gün yaşadım. İyi böyle iyi...

Oluruna bırak, olmazsa tekrar bırakırsın.

Sırf Bu Yüzden

Farkın yoktu, ben farklı baktım. İnsan işte, avutuyor kendini, yalnızlık geride kalsın isterken güvenmeyi deniyor ve güvenmek; koskoca bir alfabeyi öğrenip susmak gibi bir şey...

Ne demek istediğimi anlamadın çoğu zaman ve zaten anlaşan başka olurdu şimdi. Hani senin o başkalarından, başka bakışlarından... Dünya sandığın gibi değil.

Ayrılık alışkanlık dediler, sen olmasan bile ben olabiliyormuşum, en kötüsü bu belki de... Gitme demem çünkü insan kafasına koyduğunu yapar. Maviyi severdin, ben de öyle.

Bakma yüzüm döküldü biraz, havalı halim yok sonralarında... İlk elini tuttuğumda kırmızı beyazdı yüzün ve o heyecan öyle uzun yıllar sürmüyormuş. Arkandan kal diye bağırmak gerekiyormuş. Yapamazdım, gururdan değil bilirsin. Ben sevmem durdurulmayı, sırf bu yüzden git işte...

Bazen kendine soru sorman gerekir
ama cevap vermek istemezsin.

Uzun Hikâye

İnsan içine attıklarıyla büyür" derdi dedem. Olgunluk insanın savaşını verdiği işlerin içinde birikmesiymiş. İnsanlar aşık olabilirlermiş ve en az bir kere birini çok sevmek lazımmış. "Hayat yalnız kalabileceğin bir yer değil" dedi o gün. Düşünemiyordum, aklım ermiyordu, çocuktum, adam yerine konulmuştum, dinliyordum.

İnsanların hayatından belirli dönemler olur ve bu dönemler sayesinde bir yere yönelirler. Sürekli bir şeyler öğrenirsin. Bazı insanlar öğrendiklerini cebine koyar. Bazılarının bir kulağından girer, diğerinden çıkmaz bile kaybolur.

Cam kenarından karın yağışını izlemeyi severdim ben. Camdan bir evim olsun isterdim çocukken ama içi sıcak olacak. Üşümek diye bir şey yok. Zaten en saçma hayaller çocukken kuruluyor. Mesela çocukken aşık oldum ben, sonra olmadı öyle bir şey. Denedim olmadı. Uğrunda savaşmaya değer bir şeydir aşk.

İçi kürk dışı plastik olan bir botum vardı. Bakma bazı insanların hayatından büyük acılar var. Konu botumun çok ötesinde... İnsanlar var konuşamayan. Gözleriyle bazen bir şeyler isteyen... Odası hep sıcak, soğuğu sevmeyen. Ben aşıktım o zamanlar, sonraları unuttum özlemeyi.

Hayat biraz ceza veriyor. Ceza mı demeliyiz bilmiyorum ama en değerli şeyin aile olduğunu biliyorum. "İnsan ailesini değiştiremez" derdi amcam. değiştiremediğimiz bir şeyi sevmek zorunda mıyız diye düşünürdüm. Elbette değildik ama ben fazla seviyordum ve yazmak kitapları baştan sona bir deftere yazmaktı benim için.

İnsan zamana bırakınca tamam ben oldum diyebiliyor ve olmuş bir adamın tadına doyum olmuyor. Hani bazen tırnaklarını derinden kesersin ya; işte sen olmamışsın hâlâ... Olm[illegible] nını acıtmamak ile başlar. Kıskanmak istediğim ama kıskanamadığım ilişkilerim oldu. Bu konuda olamadım ben ham kaldım.

Önüme yüzlerce sayfa koysalar bunları yarın kelimelerle doldur deseler, dolduramam. yazmak başka bir şey; sen gitmiyorsun ki yazmaya, o sana geliyor, sıkıyorsa kaç.

Elbette hataların var, hiç hak etmeyen birilerini sevdin. Bazı şarkıları yanlış söylemek gibi... Özetle götünden uydurmak. Bir de "benim için tip önemli değil" diyen insanlar var. Onlar yalancı bence.

Bazen Ajda Pekkan dinlersin. Bazen İbrahim Tatlıses. Ben hayatımda hiç türkü dinlemedim diyen kızlar var. "iyi bok yedin bebeğim" Zaten senin anan da; "Call me maybe" ile büyüdü.

Bu arada ararsın belki...

Mor Ekoseli Eşofman

Sanırım birkaç gün önce doğdum. İnsan bu hayatta birkaç kez doğabiliyor. Sevdiğin şeylerin değişmesi yeniden doğmak olabilir. Hayatına yeni birinin girmesi ve yalnızlığın gözlerinden öpmen…

Balık yemeyi seviyorum, bazıları sevmez. Ben kalabalık sofraları severim, gürültü her zaman olmasa da çok çekici bir şey. Evde yalnız kaldığımda mutlaka televizyonu açarım. Bu bir yalnızlık korkusu değil.

İnsanlar başka şeyleri sever, herkes aynı şeyi sevseydi dünya çekilmez olur. Ben griyi severdim çok severdim şimdi o kadar çok sevmiyorum ama eski günlerin hatırına seviyorum yine.

Hatır, diye bir şey var. Bazı şeylerin hatırına bazı şeyleri seviyoruz. İlk aldığım kramponları ve saatimi seviyorum ama saatimi kaybetsem üzülmem ya da çok az üzülürüm. Yerine konulacak bir şey varsa insan çok üzülemiyor.

Bu kadar çok yalan söylemenin ne anlamı var bilmiyorum. İnsanlar birbirini kandırmaktan zevk alıyor olabilir ancak durum sanırım bu değil. İçinde yalan olan bir cümle detone olan bir şarkıcı gibi çok belirgin olabiliyor.

Mor ekoseli bir eşofmanım var sırf onu giymek için kış gelsin istiyorum bazen. Üşümek güzeldir, üşümek seni ısıtacak olan bir şey yoksa bile güzeldir. Battaniyen olmalı ama ekoseli. Ekoseli şeyleri severim.

Anlatılacak çok şey varken susmalı insan…

Uyuma Konuşalım

Uyuma konuşalım diyen biri olmalı" derler ya... Bazen çok öyle bir hayatı arıyoruz. Biz çok uykusuz kaldık, sabahlara kadar konuştuğumuz zamanlar oldu. Bu bizi farklı yapmaz, herkesin olmuştur. Geçmişe baktığında o konuşmaların çok gerekli olmadığını anlıyorsun. Hatta hiç gerekli değil hep boş muhabbet. Keşke o gecelerde kitap okusaydım demiyorum. İnsan o an mutlu olduğu şeyi yapmalı...

Birinin sesini duymak bazen en önemli şey olabiliyor. Özlersin bazı sesleri, sevgilin olmasına gerek yok ama sevgilinse başka özlersin. Sevgili konuşmalarına sorular karışır ve mum sadece masanın üzerindeyse romantizmi simgeler. Bir odaya kapan demişti hocam. Bir mum ışığında otur bütün kötü enerjini alsın. Bir kaç kere denedim. Biliyor musun ben hiç bir şeye bağımlı olmayı sevmem. Bütün bağımlılıklar insanın özgürlüğünden çalar. Bir sevgili de böyle bir şey.

Bazı şeyler sana engel olur, yazamazsın. Hayatında birinin olması seni çoğu zaman sınırlandırır. En basitinden "o kızla neden konuştun?" diye sorar ve ben soruları sevmem, seni sevdiğim kadar. Bir de şu soru vardır, onu da söyleyelim bitiriyorum. Gece konuşacak bir şeyler kalmaz artık ama kapatmak istemezsin telefonu: "Eee, nasıl yatıyorsun?" diye sorar. "Sağa dönük, sola dönük, alabora..." Muhabbete bak, nasıl yatıyorsun? Seni rüyamda görmeyecek şekilde yatıyorum, gözlerim açık, hafızam sana kapalı yatıyorum.

Her zaman uyuma konuşalım olmaz,
şimdi ben uyuyorum, sen de uyu...

At Triplerini Şöyle Göğsüme Doğru

Çok bir şey istemedik hayattan, ezberlediğimiz Sezen Aksu şarkıları vardı. Kaybettiğimiz savaşlar...

İnsan şarkılarla büyüyordu. «Ve sen beni ne sanmıştın ki?» Hayat binlerce cümleden oluşan bir saçmalık. Binlerce kez söyledim, anlamadın. Senin benim neyimle ilgilendiğin umrumda değildi ve eğer her aşk ayrılığı tadacaksa bizim farkımız neydi?

Seyirlik değil ömürlük olsun demişti. Olabilir miydi? Evet olurdu. Bazen insan iki kişilik düşünüyor. Bu onu çok sevmekten mi yoksa onu kaybetme korkusundan mı bilmiyorum. Mesela iki kişilik sevmek kötü şey onu biliyorum. Bazen doğarken bilirsin, bazen öğretirler. Kırmızı biber tadında öğrendiğin şeyler olur.

Ben, ben olmaktan vazgeçmişken, sen bir ben arıyorsan, ben sana hangi beni arayıp, bulup verebilirim ki? Anlamazsın çünkü anlamak istemekle başlar ve sen istemezsin. Beni istersin, benim olmadığımı kabullenmezsin.

Gel dedi şarkının birinde, ardı sıra vedalar vardı. İnsanın sadece atkısını takmadığında boynu üşümez. Dudaklarından uzak kalmak da yetiyor.

At triplerini, şöyle göğsüme doğru. Kimse sevemez benim kadar gülüşünü. Öpüşlerindeki kaybedişlerimi...

Zaten bu benimki sevda değil, sensizlik...

Tek Kelimeyle Şahane

Şu erkeklerin hatun fotoğraflarına yorum yaparkenki kırılmalarına hastayım:

"Mükemmel", "Yorumsuz", "Tek kelimeyle şahane".

Altı üstü facebook fotoğrafına yorum yapıyorsun, Salvador Dali tablosu yorumlamıyorsun.

Yoruma bak arkadaş: "İnanılmaz'

Neye inanamadı bu gerizekalı diye düşünüyor insan.

Bu kadar basit adamlar olmayın yahu, sonra vay efendim kızlar çok havalı. Kızlar havalı olmasın da kim olsun arkadaş. Sevgili olmayı bir yana bırak, metrobüste kesişmeyeceğim kızın facebook fotoğrafında 169 beğeni var. Sonra gel de bu kızı güzel olmadığına inandır.

Ateiste 169 kişi "Gel seni müslüman yapalım" dese adam 5 vakit namaza başlar.

Yani bu yazıda verilmek istenen şeyi herkes anlamıştır.

Konumuz ne kızlar ne de ateistler...

Bir insanı neye inandırırsanız ona inanır ve iyi olan her şeye inanmak kolaydır.

Profesyonel Taytlar

Facebook'ta bir sürü profesyonel fotoğraf çeken adam var. Bir sürü sahte model, hatun kişisi var. Hepsinden bu kadar çok varken ortada ne bir model var ne bir fotoğrafçı...

Adam fotoğrafçıyım diyor, çektiği bütün görseller taytlı hatunlardan ibaret.

Hatun modelim diyor, objektife bir ev hanımının mandalinanın kilosu beş lira diyen pazarcıya baktığı şaşkınlıkla bakıyor.

Sonra vay efendim çok taşsın, vay efendim söyleyecek söz bulamıyorum. Vay efendim yorumsuz.

Vallahi yorumsuz kalıyor insan.

Zaten ülkedeki tek eksik, taytlı hatun fotoğrafı çeken adamlarla, taytla seksi pozlar verdiğini sanan hatunlar.

Onun dışında eksiğimiz yok. Bebeğim sıradaki tayt senin için gelsin, öptüm.

Fotoğraf makinesi + Tayt = Ooo Beybi...

Yurt Işığı sendin

Ne kadar başka bakarsak bakalım aynı dünyaya bakıyoruz. Bu demek oluyor ki, bir şekilde bir ortak noktada buluşmamız mümkün. Her insanın korkuları olur ve içinde kimseye söylemediği şartlandırılmışlıkları vardır. İnsan zaten kimseye yenilmez eğer kendine yenilmezse... Yapmam dediklerini yaptığında sen, sen olmaktan çıkıyorsun. Yenilmek burada başlıyor, zaaflarımız var.

Gitme dediğinde gidenler var. Kal demekle gitme demek aynı şey mi düşünmek lazım. Ve eğer biri "gitme" dediğinde gidiyorsa bu yalnız onun suçu değildir. Hayat sadece sevgiyi bölüşmekten ibaret değil, bana ayrılıklarınla gel, ben öyle de severim seni...

Süslü cümleleri sevmem mesela. Sen beni kandırmayı deneyebilirsin ama ben bunu kendime yapamam. İşin özünde kimse kendini kandıramaz zaten. Sadece "Belki bu şekilde daha iyi olacak" diyerek kalbini inandırmaya çalışır. Kalp kanar mı? Evet. Kalp bazen hem kanar hem kanar...

Aşktan rüzgârlar var, suratını koru, çarpmasın ve aslında kimse sana aşkı vermeye gelmez, herkesin niyeti almaktır. O sana âşıksa o alır. Sen âşıksan sen almaya gidersin. Birinin yürüyüşüne vurulursun, birinin gülüşü tokattır kalbine. Eros falan hikâye...

Uzun yolculuklar lazım ve bir insanı en çok yürürken tanırsınız. Ben hep yürüdüm, ruhları duymadı, kimlerin içinden geçtim. Hayat sarılabileceğiniz doğru insanı ararken geçen vakit sanırım. Öyle herkese sarılmayın. Hani derler ya; "Sarılmamız gereken bir konu var.' İşte bu cümleyi yok etmek herkese sarılmaktır. Anlatsam anlarsın ama anlatmam.

Bedelini ödüyoruz her şeyin, merak etme günahsız bırakmazlar seni. En iyisinin sırat köprüsünde ayağı kayar. Sana düşen şey düşmemeyi öğrenmek. Öğrenemeyeceğini bile bile çabalamak. Sezen'in söylediği gibi: "Masum değiliz hiçbirimiz."

İnsanın değerleri olmalı, her değer sizi bir adım ileri götürür. Katı kurallarınız olsun bazen. Öyle bir kuralınız olsun ki; dünya dikilse karşınıza vazgeçmeyin. Aptal olun demiyorum, inatçı olun demiyorum. Doğru yaşayın, doğru yaşamak insandan pişmanlık duygusunu alır.

Hayat bir bütündür ve geçmiş asla geçmişte kalmaz. "Sence ne önemi var geçmiş zamanlarımın?" diyen insandan korkarım ben. Senin geçmişini bir başkası yaşamadı ki? Sen yaşadın ve sen kendi yaşadığın her şeyden sorumlusun. Geçmiş geçmişte kalmaz. Çizgiler geriye doğru birleşir.

Yazıyı toplamak gerekirse, bence gerekmez bırak dağınık kalsın. Bugün git korkularınla yüzleş, gerçekler zaten hayatın içinde. Yürüyebildiğin kadar yürü, sevebildiğin kadar sev. Sonra bir kahve iç ama herkesle kahve içilmez, unutma. Sadece âşık olduğun insanla kahve iç. Onu izlerken kahven soğusun, soğuk kahveyi sırf onun yüzünden sev.

Ve unutmadan her yazıdan kendine bir cümle ayır.

Her insan bir yurt ve ışığa muhtaç...

Ben İyiyim Böyle

Hava soğuk olsun, evden çıkmayalım. Sıcak şeyler yapalım, mesela sen ütü yap, buharlı olsun. Ben duş alayım. Sonra salondaki üçlü koltukta çok seveceğimiz ama daha önce izlemediğimiz bir filmi izleyelim. Filme ara vermeyelim, sınırsız patlamış mısırımız olsun, dişlerimizin arasına kaçsın, yanaklarımı öp, saçlarını okşayayım.

Zaman dursun, seni biraz daha seveyim. Bu film ikimizin filmi olsun. Bizim şarkımız olmasın, filmimiz olsun, sıradan olmayalım, başka yaşayalım. Filmi durdur, ben mutfağa kahvelerimizi almaya gideyim, sen özle beni hatta "Nerde kaldın?" diye mesaj at, ben yine cevap vermeyeyim.

Yanına gelince "Hoş geldin" de... Koklayarak öp, parmak uçlarınla sev beni. Sonra... Sonrası sen... Başka hayale gerek yok. Ben iyiyim böyle. Sen?

Bazen salondaki üçlü koltuk her şeye yeter.

Git Âşık Ol

Uzun zaman önce bir arkadaşıma "Ben bazı şarkıları dinlerken âşık oluyorum" demiştim. O da; "Sen zaten âşık olmuşsundur, şarkı üstüne gelmiştir." dedi. Düşündüm öyle değil. Bence bazı şarkılar resmen "Git, âşık ol, öyle gel" diyor.

Hayat birine ait olmamız gereken bir yer mi bilmiyorum ama sevmeden olmuyor. Sevmek kısmen aitlik. Sahip olmak? Sahip olmak ait olmanın başka bir versiyonu...

Canım senin ellerin tam benlik, bir tutabilir miyim?

Bak tam oldu bana, omzuma yatsana...

Sonra müziğin sesini açtım, baktım kaçışım yok
âşık oluyordum, tadını çıkardım. Sokaklar dansımızı bekliyor,
kapat gözlerini...

İnanmak Avunmanın Yarısıdır

Önümde daha ne kadar acı var bilmiyorum. Kapılar nereye kadar kapalı kalır, ne zaman davet ediliriz bilmiyorum. İnsan zamana bırakarak yaşar, zaman hep geçer ve çoğu şeyin ilacı değildir. Eğer ilaç unutmaksa, vazgeçmekse bu tamamen hafızayla ilgili bir problem.

Kolay olmayan şeyler çok, üzülmek insana hayattan bir hediye... Yüzünde bir gülümseme bırak en sıcağından ve vedalaş, çektiğin acıları bir kenara bırakarak. İlk vedalaşan sen değilsin, ilk unutan sen değilsin, kimler bitmedi ki bu yolda...

Çok büyük acılar var ve hepsi anlık. Acı zaman geçtikçe azalan bir şey ama bunun zamanla bir ilgisi yok. Kalp inanıyor, hafıza kabul ediyor. Gitti diyorsun kendine ve inanıyorsun.

İnanmak avunmanın yarısıdır. Başarmak elde tutmak, kaybetmek sadece susmak. Unutmanın evreleri var. Bugün birileri sonsuza kadar unutulacak. Hani karşına biri çıkar, o unutturdu sanırsın ama öyle değil işte. Karşına çıkan hiç kimse sana bir başkasını unutturamaz. Senin unutma günün gelmiştir.

Bazı yazıların içinde acılar var. Bakma öyle çok mutlu değiliz, hasarlarımız var, kalplerimiz noksan. Bizi anlayacak insan nerede nefes alıyor bilmiyoruz. İyi yazmakla iyi bir adam olmak arasında çok fark var. İyi yazmakla, bir ilişkinin hakkını verebilecek bir adam olmak arasında çok fark var. Olmak lazım, pişmek lazım.

Herkes bir şey öğretir. Her gün büyürsün, sen yazdır bana, dokunamadığın parmaklarımdan dökül, sonra aşksızlıktan Allah belamızı versin. Çay yaparsın içeriz, başka bir bok olmaz bizden.

Her insan bazıları için ölmek ister. Yani uğrunda ölmek değil, sen beni ölü bil gibi bir şey.

Son Söz

Ben ya da bir başkası belki bu aralar, belki çok eskiden aynı konuları tartıştı, aynı şeyleri yazdı. Zaten yazının çok eski bir tarihi olduğunu düşünürsek, çoğu şeyin yazılmamış olması mümkün değil. Bu dönemin yazarları olarak şanssız olduğumuzu ama biraz da şanslı olduğumuzu düşünüyorum. Şanssızlığımız bizden önce çoğu şeyin üzerine mükemmel yazılar yazılmış olması, şanslı yanımız ise bu çağdaki yazarların seslerini daha kolay duyurabilmeleri.

Bazı yazılar toprağın altında kaldı. Toprağın altındaki yazıların sahibi sesini duyuramadı. Bizler toprağın altında kalmak zorunda değiliz. İşte ben bu yüzden yazdım bunları. İşte ben bu yüzden yazdım bu kitabı diyemiyorum. Bu yazdıklarım bir kitaptan çok hayata yapılmış konuşmalardan ibaret. Ben konuştum, hayat beni dinledi. Aslında konuşan ben değildim. O bana zorla yazdırdı, kaçamadım.

Kısa kısa anlatılacak şeyleri uzun uzun anlatmayı sevmem. Bir kitap, bir kahve ya da bir çay... Bu kitap sensin. Sana seni anlattım. Hani yazsam ne güzel olur dediğin cümleler var burada. Ben o cümleleri yazdım. İçine biraz seni biraz kendimi kattım. Çok bağlamadım yazıları birbirine. içinden cümleler alabilir diye. Ben cümleleri sevdim. Cümlelerin tek başına egemen oluşunu.

Hayat bize hiçbir zaman iyi davranmayacak ve zaman zaman çok büyük sorunlarımız olacak, kaybetmek bize göre değilken, kazanmak bazen bir mucize olacak. Hayat bizden mucize bekliyor ve inanmamız gereken tek şey, mükemmel olduğumuzdur. İstersen kendini kandır, istersen asalak gibi yaşamaya devam et. Ben elimden geleni yapıyorum, dilerim sen de yaparsın.

En güzel yerlerde, en doğru insanlarla yollarımızın kesişmesi ve her zaman en iyisinin değil, en hayırlısının olması dileğiyle...